書下ろし

右京烈剣

闇の用心棒⑪

鳥羽 亮

祥伝社文庫

目次

谷中
今戸
浅草寺
東本願寺
花川戸
嘉乃（駒形町）
向島
本郷
成田屋（神田鍋町）
蔵前
北本町
神田川
右京の長屋
料亭「一吉」
妙光寺
両国橋
柳橋
隅田川
新大橋
江戸城
八丁堀
永代橋
南町奉行所
深川
北
西
東
南
増上寺

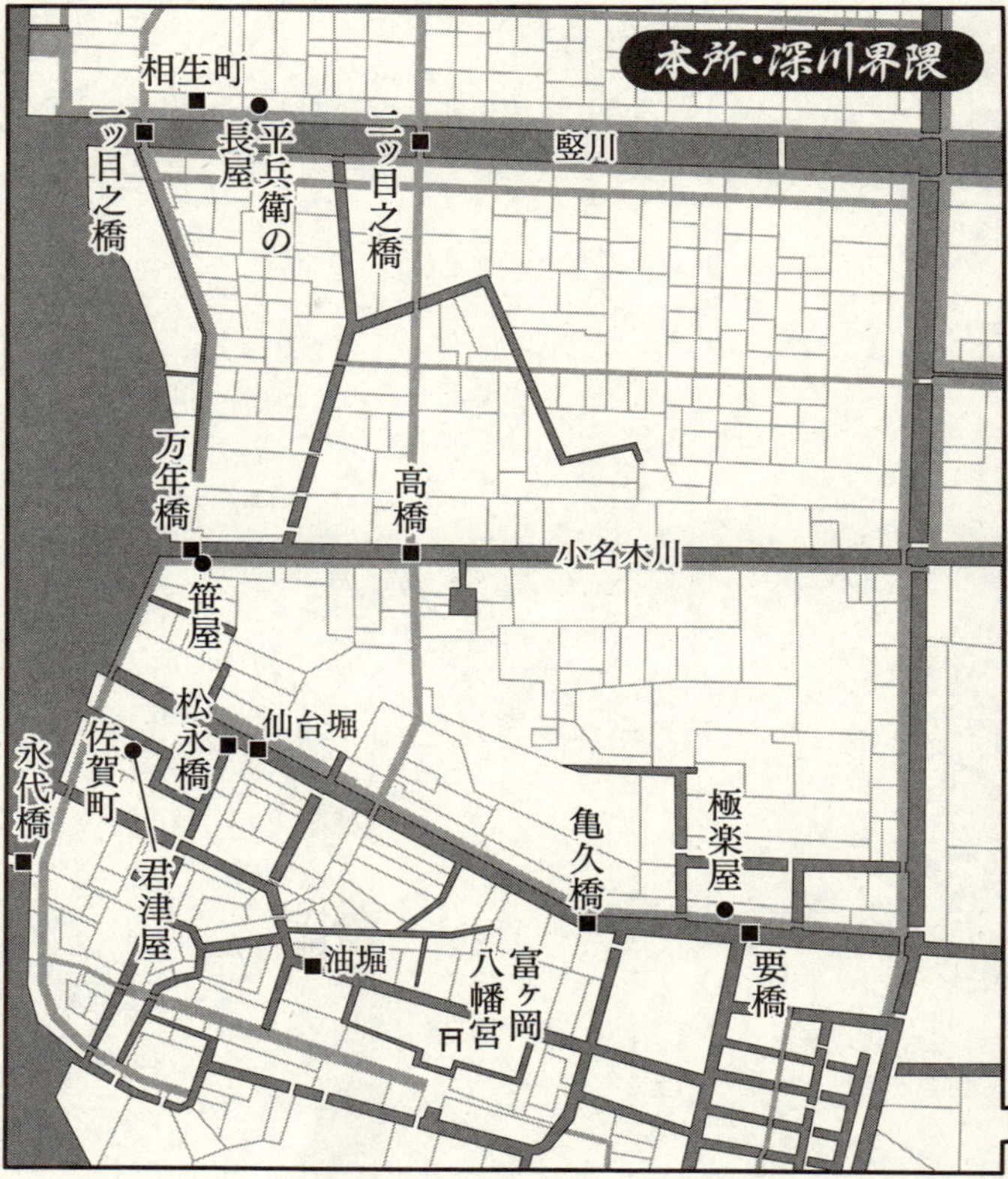
本所・深川界隈
相生町
一ッ目之橋
平兵衛の長屋
二ッ目之橋
竪川
万年橋
高橋
小名木川
笹屋
松永橋
仙台堀
佐賀町
永代橋
君津屋
亀久橋
極楽屋
要橋
油堀
富ヶ岡八幡宮

「右京烈剣」の舞台

第一章　尽忠党《じんちゆうとう》

1

神田鍋町《かんだなべ》。ヒュウ、ヒュウと強風が、町筋を吹き抜けていた。風は表通りに並ぶ大《おお》店《だな》の看板を揺らし、大戸をたたいていく。

子《ね》ノ刻（午前零時）過ぎだった。強風のなかを疾走していく人影があった。六人。黒装束に身をつつんでいる。六人の男は、鍋町の表通りを日本橋の方へむかっていく。

頭上に十六夜《いざよい》の月が出ていた。六人の男は大店の軒下闇《のきしたやみ》や樹陰をたどるように走っていくが、ときおり月光のなかにその姿が黒く浮かびあがったように見えた。夜盗のようである。

三人は武士であろうか。黒や羊羹色《ようかんいろ》の装束だが、袴《はかま》姿で二刀を帯びている。他の三人は町人らしかった。黒や紺の筒袖に同色の股引《ももひき》、黒布で頬っかむりしている。三人の武士も、黒覆面で顔を隠していた。

六人の賊は、表通り沿いの店の前で足をとめると、軒下の濃い闇のなかに身を寄せた。店の脇の立看板に、「薬種、養寿丸《ようじゆがん》、成田屋《なりたや》」と書かれていた。薬種問屋である。養寿丸は店の看板の薬なのであろう。

強風で立看板が揺れ、大戸がゴトゴトと音をたてている。その風音が、男たちのたてる足音や物音を消していた。

六人の賊は店の大戸に身を寄せて、なかの様子をうかがった後、

「やれ!」

と、中背で痩《や》せた男が言った。頭目であろうか。武士体《てい》ではなく、町人体である。

「へい」

と応《こた》え、大柄な男が大戸の脇のくぐり戸の前に身を寄せた。この男も町人体である。

男は、すぐに手にした細長い物を振り上げた。鉈《なた》である。

軒下闇のなかで、鉈がにぶいひかりをはなった次の瞬間、ガシャ、と大きな音を立ててくぐり戸が縦に裂けた。

大柄な男は、二度、三度と鉈をふるった。くぐり戸の板が裂けて破れ、腕が入るだ

け の隙間《すきま》ができると、すぐに男が腕をつっ込んだ。

ガタッ、と何か落ちる音がした。男がくぐり戸を引くと、軋《きし》みながらあいた。心張り棒がはずれたらしい。

「踏み込め」

頭目らしい男が、小声で言った。

六人の賊は、くぐり戸から吸い込まれるように次々に店のなかに入っていった。店内は漆黒の闇だった。闇のなかに、薬種の匂いがたちこめている。

店内は、静寂につつまれていた。これだけの大店なら、かなりの人数の奉公人が寝泊まりしているはずだが、物音も話し声も聞こえてこない。起きていた者も、鉈をふるってくぐり戸を破った音を、強風が表戸をたたいた音か、風で飛ばされた物が表戸に当たった音と聞き間違えたのかもしれない。

「火をつけろ」

「へい」

小柄な町人が言った。

手にしているのは、龕灯《がんどう》だった。店のなかを照らすために用意していたらしい。

龕灯は、銅やブリキなどで、釣鐘形の外枠を作り、なかに蠟燭《ろうそく》を立てられるようにした提灯《ちょうちん》である。動かしても蠟燭が倒れないように、蠟燭立てが回転するように作られている。

小柄な男は、くぐり戸近くのかすかな明るみのなかで火打袋を取り出し、石を打って蠟燭に火をつけた。

龕灯の灯が、店内を丸く照らし出した。土間の正面がひろい売り場になっていた。左手に帳場があり、右手には薬種問屋らしく、薬を入れた何段もの引き出しがつづいていた。奥には薬研《やげん》が並んでいる。

戸口近くにいた武士が、くぐり戸をしめた。表の通りから、龕灯の明りが見えないようにしたのだろう。

「行きやしょう」

頭目らしい男が、後ろに立っている武士に小声で言った。

武士は、無言でうなずいた。龕灯の淡い灯を映じて、男の双眸《そうぼう》が熾火《おきび》のようにひかっている。覆面で顔は見えなかったが、眉《まゆ》が濃く、眼光の鋭い男である。長身だった。胸が厚く、どっしりとした腰をしている。

龕灯を持った男、頭目らしい男、長身の武士、さらにふたりの男が、売り場に上がった。ひとりだけ、痩身の武士が土間に残った。他の五人は、龕灯を持った男を先頭に、忍び足で帳場の脇の廊下から奥へむかった。龕灯の丸い明りが、廊下を照らしながらゆっくりと進んでいく。

廊下の左手が部屋になっているらしく障子が立ててあった。右手は雨戸である。

頭目らしい男が足をとめて障子に顔を寄せ、なかの様子をうかがってから、後ろを振り返り、後続の三人にうなずいてみせた。そして、障子を音のしないようにそろそろとあけた。

ひらいた障子の間から、ふたりの男がスルリと部屋のなかへ入った。つづいて龕灯を手にした男が入り、部屋のなかを舐《な》めるように照らした。

そこは、丁稚《でっち》部屋だった。三人の丁稚が寝ていた。

ガバッ、とひとりが寝ていた夜具から身を起こした。賊の侵入に気付いたらしい。つづいてもうひとりが目を覚まし、首をもたげた。

龕灯の明りが、恐怖にひき攣《つ》ったふたりの丁稚の顔を照らし出した。一瞬、ふたりが凍りついたように身を硬くしたが、身を起こしたひとりが、ヒイイッ、という悲鳴を上げながら夜具から這《は》い出し、廊下へ逃れようとした。

すばやく、賊のひとりが逃げようとした丁稚の首筋を後ろから押さえ込み、畳の上に腹這いにさせた。すると、もうひとりの賊が丁稚の両腕を後ろに取り、縄で縛《しば》った。慣れた手付きである。

目を覚ましたもうひとりの丁稚は身を起こしたまま目をつり上げ、瘧慄《おこりぶる》いのように激しく身を顫《ふる》わせている。恐怖で腰が抜けてしまったようだ。

残りの丁稚は、掻巻《かいまき》を抱きしめて寝息を立てていた。寝間着が乱れ、両足と丸い尻が夜陰のなかに白く浮かび上がったように見えた。その体付きから見て、まだ十二、三歳らしかった。

「動くな」

長身の武士が刀を抜いて、座り込んだままの丁稚の鼻先に突き付けた。刀身が龕灯の火を映じて、にぶくひかっている。

頭目らしい男が、座り込んでいる丁稚の背後にまわり、先に猿轡《さるぐつわ》をかませた。叫び声を上げると面倒だと思ったようだ。

頭目らしい男が猿轡をかまし終え、丁稚の両腕を後ろに取ったときだった。

突然、脇で寝ていたひとりが、掻巻を撥《は》ね飛ばして身を起こした。目を覚まし、夜盗の姿を目にしたらしい。丁稚は四つん這いになり、廊下へ這って逃れた。

ワアアッ!

喚《わめ》き声とも悲鳴ともつかぬ声を上げ、丁稚はバタバタと廊下へ逃げていく。速い。

大きな鼠《ねずみ》のようだった。

賊のひとりが後を追った。中背の武士である。すでに、抜刀して刀をひっ提《さ》げていた。龕灯を持った男も廊下に出た。逃げ出した丁稚を照らそうとしたのである。

廊下へ出た丁稚は、悲鳴を上げながら走りだした。龕灯の薄明りのなかを狂ったように駆けていく。

土間に人影があった。ひとり、土間に残った痩身の武士である。龕灯の淡いひかりに、その姿がぼんやりと浮かび上がっていた。両手を脇に垂らして、ゆらりと立っている。

「そいつを押さえてくれ」

後を追った武士が言った。

痩身の武士は無言で抜刀した。そして、刀を脇にとり、切っ先を後ろにむけた。脇構えである。

丁稚は喉《のど》のかすれるような悲鳴を上げ、売り場から土間へ飛び下りようとした。その足が、ふいにとまった。目の前に立っている人影に気付いたのである。

一瞬、丁稚は上がり框《かまち》のそばに凍りついたようにつっ立った。

瞬間、刃唸《うな》りの音がし、横一文字に疾《はし》る赤い閃光が丁稚の目に映じた。痩身の武士が、脇構えから刀を一閃させたのだ。赤く見えたのは、刀身が龕灯の火を映じたからである。

ぐらっ、と丁稚の首がかしいだ次の瞬間、丁稚の首筋から赭黒《あかぐろ》い血が驟雨《しゆうう》のように飛び散った。

丁稚の体が揺れ、上がり框から土間へ落ちた。

土間にたたきつけられた丁稚は、体を海老《えび》のように曲げて横臥《おうが》した。丁稚は、かすかに四肢を痙攣《けいれん》させていたが、悲鳴も呻《うめ》き声も上げなかった。即死らしい。首がねじれたように仰向けになっていた。武士の一颯《いっさつ》は、丁稚の頸骨《けいこつ》ごと截断《せつだん》したのである。丁稚の首根から噴出する血が土間を打ち、生き物でも這っているかのような音をたてていた。土間は血の海である。

それから一刻（二時間）ほど経ち、帳場には七人の人影があった。帳場の隅にあった行灯《あんどん》に火がつけられ、男たちの姿を浮かび上がらせている。六人の賊と成田屋の番頭の重蔵《しげぞう》であった。

重蔵は寝間着姿だった。五十がらみの痩せた男だった。重蔵は猿轡だけかまされていた。恐怖に顔がゆがみ、体が激しく顫えている。その重蔵の足元に、鉄帯の打たれた中型の千両箱がふたつ、置いてあった。蓋《ふた》があけられ、ひとつの千両箱には小判が、もうひとつには一朱銀や一分銀などが入っていた。

夜盗一味は、丁稚部屋の後、すぐに廊下つづきの手代部屋と番頭部屋へ押し入り、それぞれの部屋にいた奉公人たちを縛り上げた。さらに、二階に上がり、寝間に寝ていた店のあるじ、女房、娘の三人にも猿轡をかまして縄をかけた。

そして、番頭の重蔵だけを帳場に連れ出し、内蔵《うちぐら》にしまってあった店の金を運び出させたのである。

「千両は、あるな」

頭目らしい男が目を細めた。笑ったらしい。

「頭、番頭はどうしやす」

小柄な男が訊《き》いた。龕灯を持っていた男である。

「こいつは、おれたちの話を聞いている。生かしちゃァおけねえ」

頭目らしい男が、そう言ったときだった。

ヒッ、と猿轡の間から悲鳴を洩らし、重蔵が脇に立っていた小柄な男の脇をすり抜けて、戸口へ飛び出そうとした。

剎那《せつな》、長身の武士が手にした刀を一閃させた。

ザクリ、と重蔵の肩が裂け、血飛沫《しぶき》が飛び散った。重蔵の体がかしぎ、泳ぐようによろめいた。激しい出血である。噴出した血が重蔵の肩口から胸にかけて、真っ赤に染めていく。

重蔵は目尻が裂けるほど目を剝《む》き、何かにしがみつこうとでもするかのように両手を前に突き出してよろめいた。帳場格子の脇で足がとまると、重蔵は腰から沈み込むように転倒した。

売り場に伏臥《ふくが》した重蔵は、もそもそと四肢を動かしていたが、首をもたげることもできなかった。売り場が小桶で血を撒《ま》いたように真っ赤に染まっている。

長身の武士は重蔵のそばにかがみ、血塗れた刀身を重蔵の袖口で拭うと、

「長居は無用だ」

そう言って、立ち上がった。

長身の武士は懐《ふところ》から紙片を取り出すと、伏臥している重蔵の背に置いた。その紙片には、「尽忠報国之士《じんちゆうほくこくのし》」と記されていた。

「引き上げだ」

頭目らしい男が手を振った。

ふたりの町人が千両箱をかつぎ、頭目らしい男を先頭にしてくぐり戸から表通りへ飛び出していった。

2

「右京《うきよう》さま、お茶がはいりましたよ」

そう言って、まゆみが片桐《かたぎり》右京の膝先《ひざさき》に湯飲みを置いた。湯飲みから、やわらかそうな湯気がたっている。

神田岩本町《いわもとちよう》にある長兵衛店《ちようべえだな》だった。朝餉《あさげ》を終えていっときしてから、まゆみが茶を淹《い》れてくれたのだ。

「今日は、剣術の稽古にいかれるのですか」

まゆみが、片襷《かただすき》をはずしながら訊いた。

右京は牢人だった。御家人の冷や飯食いで、実家の合力《ごうりき》と剣術の出稽古の謝礼で口を糊《のり》していることになっていた。右京は鏡新明智流《きようしんめいちりゆう》の遣い手だったのである。

右京が、まゆみと所帯を持って三年ほど経つ。まだ、まゆみは右京のことを、所帯を持つ前と同じように右京さまと呼んでいる。新婚気分が抜けないのは、子供がいないせいであろう。

「いや、今日は行かぬ」

右京は湯飲みに手を伸ばした。

「ねえ、右京さま、寛永寺《かんえい》の桜は咲いたかしら」

まゆみが、甘えるような声で言った。

まゆみは鉄漿《かね》をつけ、紅をうすく引いていた。新妻らしい顔が、ほんのりと朱に染まっている。まゆみは右京とふたりで、花見に行きたかったのであろう。

上野《うえの》の寛永寺、高輪《たかなわ》の御殿山《ごてんやま》、向島《むこうじま》の墨堤《ぼくてい》などが、江戸の花見の名所として知られていた。

「桜は、まだ、すこし早いかもしれないな」

右京がそう言ったとき、戸口で足音が聞こえた。

「おい、留《とめ》、聞いたかい」

腰高障子の向こうで、男の声がした。右京たちの家の斜向《はすむ》かいに住む忠吉《ちゅうきち》という居職《いじょく》の指物師《さしもの》の声だった。

おそらく、留というのは、留造《とめぞう》のことだろう。留造も長屋の住人で日傭取《ひようと》りをしていた。仕事がないときは、長屋にくすぶっていることが多い。

「押し込みのことか」

留造が言った。

ふたりは井戸の方へ歩きだしたらしく、遠ざかっていく足音が聞こえた。ふたりは右京の家の前で、鉢合わせをしたらしい。

「尽忠党《じんちゆうとう》らしいぜ」

と、忠吉。

「表で、ぼてふりから聞いたんだがな。成田屋の奉公人が、ふたりも斬り殺されたらしいぞ。何が、尽忠党だ」

ふたりは、また立ちどまったらしく足音が聞こえなくなった。

ちかごろ、江戸市中に「尽忠党」とか「国士《こくし》党」と呼ばれる夜盗が、大店に押し込み、町民たちの噂《うわさ》になっていた。六人組の賊で、そのうち三人は武士らしいという。店の奉公人に金を出させ、その後その奉公人を斬り殺して逃走する。逃げるさい、斬り殺した奉公人のそばに、「尽忠報国之士」と記された紙片を置いておくことから、尽忠党とか国士党と呼ばれるようになったのである。

「ひでえことしやがる」

忠吉の声に怒りのひびきがあった。

「ひとりは、刃物で喉を掻《か》っ斬られて死んでるそうだよ」

留造が言った。また、ふたりの足音が聞こえた。ふたりは歩きだしたらしい。留造が、いっときして、ふたりの足音が聞こえなくなると、右京は立ち上がった。留造が、刃物で喉を掻き斬られた、と口にしたことが気になったのである。

「あら、お出かけですか」

まゆみが訊いた。

「永山堂《えいさんどう》でも覗《のぞ》いてくるよ」

永山堂は、日本橋にある刀屋だった。右京は、まゆみに刀の蒐《しゅう》集《しゅう》家と話していた。その実、刀に特別な興味はなかったが、まだ、所帯を持つ前、右京はまゆみに逢いにいく口実にしていたのだ。それというのも、まゆみの父親の安田《やすだ》平兵衛《へいべえ》が、刀の研《と》ぎ師だったからである。

まゆみと所帯を持った後も、ときおり右京は永山堂へ行くといって、出かけることがあった。いまは、家を出るための口実に使っている。

右京は、長屋に三振りの刀を所持していた。いずれも、鈍刀《なまくら》である。ただ、鞘《さや》に納めてあるので、まゆみには名刀かどうか分からなかった。それに、刀の多くは実家で保存していると、まゆみには話してあった。

「遅くならないでね」

「昼までには、もどる」

そう言い残し、右京は路地木戸の方へ足をむけた。

路地木戸の前の井戸端に、忠吉と留造の姿があった。ふたりは、まだ話している。

右京はふたりのそばに足をとめ、

「成田屋は、鍋町にある薬種問屋だな」

と、訊いた。右京は、神田鍋町に成田屋という薬種問屋の大店があるのを知っていたのである。

「そうでさァ。旦那、見に行くんですかい」

忠吉が身を乗り出すようにして訊いた。

「いや、近くを通るだけだ」

そう言い置いて、右京は井戸端から離れた。

右京は岩井《いわい》町の町筋を抜けて中山道《なかせん》へ出た。街道を大勢の老若男女が行き交っていた。町筋はいつもとかわらない賑わいを見せていた。しばらく、日本橋方面に歩くと、鍋町へ入った。

……あれだな。

半町ほど先の表店の前に人だかりがしていた。成田屋である。土蔵造りの大店だが、通り沿いには、成田屋を凌《しの》ぐ大きな店が並んでいるので、あまり目立たなかった。

店先に集まっているのは、通りすがりの野次馬らしい。その人垣のなかに、岡っ引きらしい男の姿もあった。

右京は人垣の後ろに立ち、肩越しに店のなかを覗いてみた。表の大戸が半分ほどあいていて、店内にいる男たちの姿が見えた。岡っ引きや店の奉公人たちらしい男のなかに、八丁堀《はっちょうぼり》同心の姿もあった。

八丁堀同心は、小袖を着流し、羽織の裾《すそ》を帯に挟む巻羽織と呼ばれる独特の格好をしていたので、遠目にもそれと知れるのである。

店の土間に、八丁堀同心と数人の岡っ引きらしい男が立っていた。その足元に横たわっている男の姿があった。

……斬られた男のようだ。

と、右京は思った。

ただ、土間にいる男たちの陰になって、あらわになった両足しか見えなかった。女のように妙に白く細い足だった。土間にどす黒い血が飛び散っているので、この近くで斬られたらしいことは分かった。

　そのとき、八丁堀同心が売り場の方へ足をむけた。売り場の帳場格子の方にも、横たわっている人影が見えた。そこにも斬られた男がいるらしい。八丁堀同心につづいて、数人の岡っ引きが、その場を離れた。

　町方が離れると、土間に横たわっている男の姿が見えた。

まだ、少年のようだった。おそらく、丁稚であろう。寝間着がはだけて、胸や足があらわになっていた。

　男は横臥していたが、首がねじれて仰向けになっていた。胸や寝間着がどす黒い血に染まっている。

　……手練《てだれ》だ！

　思わず、右京は身震いした。

　下手人は、正面から刀を横一文字に払い、男の首を頸骨ごと截断したのだ。遣い手でなければ、できない離れ業《わざ》である。

　右京が身震いしたのは、下手人が手練の上に異様な刀法を遣っていたからである。

通常、相手の正面から刀を横一文字に払って首を刎《は》ねることなどないし、なまじの腕では斬れないのだ。

右京は、売り場で横たわっている男の斬り口も見たかったが、遠過ぎてまったく見えなかった。ただ、しばらくその場に立っていると、野次馬たちの声が耳に入り、様子がだいたい知れてきた。

土間で殺されているのが丁稚の千吉《せんきち》、売り場の死体は番頭の重蔵だそうである。押し入った賊は六人、斬殺された重蔵の体の上に、尽忠報国之士と書かれた紙片があったことから、尽忠党であることが分かったそうだ。

右京は野次馬たちのなかにしばらく立っていたが、新たなことも耳にしなくなったのでその場を離れた。

陽は南天ちかくにあった。

……長屋に帰ろう。

と、右京は思った。そろそろ九ツ（正午）の鐘が鳴るだろう。

3

ふたりの男が、仙台堀《せんだいぼり》にかかる要橋《かなめばし》のたもとを歩いていた。ひとりは五十がらみで、黒羽織に縞柄《しまがら》の小袖姿だった。商家の旦那ふうである。もうひとりは、三十代半ば、やはり羽織に小袖姿だったが、五十がらみの男より粗末な衣装だった。手代か番頭といった感じで、風呂敷包みをかかえていた。

ふたりは顔をこわばらせ、怯《おび》えるような表情を浮かべながら要橋のたもとを通り過ぎた。そこは、深川吉永町《ふかがわよしながちょう》である。

仙台堀の水面を渡ってきた風のなかにかすかな木の香りがあった。この辺りは木場の多いところで、貯木場や木挽《こびき》場などが目に付いた。通り沿いの民家はすくなく、人影もまばらである。

「旦那さま、あの店でしょうか」

風呂敷包みをかかえた男が、前方を指差した。

仙台堀の左手に、長屋のような平造りで奥行きの長い家屋があった。戸口に縄暖簾《なわのれん》が下がっているところを見ると、飲み屋か一膳めし屋といった感じである。

それにしても、こんな場所に店があるのかと訝《いぶか》しがるような辺鄙《へんぴ》な土地だった。

店の正面の掘割にかかったちいさな橋を渡って店へ行くらしいが、近くに人家はないし、通りを行き来する人の姿もすくないのだ。店の裏手は乗光寺《じようこう》という古刹《こさつ》で、右手は大名の抱え屋敷になっていた。寺も抱え屋敷も古い塀でかこわれ、杜《もり》や屋敷林が行く手をはばむように鬱蒼《うっそう》と枝葉を茂らせている。

「極楽屋《ごくらく》は、あの店のようですよ」

旦那ふうの男が言った。

ふたりは、掘割にかかるちいさな橋を渡って店の前まで来て足をとめた。

店のなかから、男の濁声《だみごえ》や哄笑《こうしよう》、瀬戸物の触れ合うような音が聞こえてきた。何人かの男たちが、飲み食いしているらしい。

ふたりは店先で入るのを躊躇《ちゆうちよ》していたが、旦那ふうの男が腹をくくったらしく縄暖簾を分けて店のなかへ足を踏み入れた。風呂敷包みをかかえた男は、すぐに後ろから跟《つ》いていった。

まだ八ツ半（午後三時）ごろだったが、店のなかは夕暮れ時のように薄暗かった。土間に飯台が並べてあり、数人の男が腰掛け代わりの空き樽《だる》に腰を下ろして飯を食ったり酒を飲んだりしていた。

背に般若《はんにや》の入墨のある上半身裸の男、髭《ひげ》もじゃの男、隻腕《せきわん》の男……。無宿人か博奕《ばくち》打ちか。いずれにしても、真っ当な男たちではない。一癖も二癖もあるような連中が、日中から薄暗い店のなかで酒盛りをしている光景を見れば、気の弱い男や女子供なら悲鳴を上げて逃げ出すだろう。

髭もじゃの男が、店に入ってきたふたりを目にして、

「この店に何か用かい」

と、訊いた。鬼のような風貌に似合わず、物静かな声である。

「ここは、極楽屋さんでしょうか」

旦那ふうの男が腰を低くして訊いた。

「そうだよ。ここは、この世の極楽だ」

髭もじゃ男が、そう言うと、脇にいた般若の入墨のある男が、ゲヘヘヘッ、と下卑《げび》た笑い声を上げ、

「おめえは鬼のようだぜ。極楽より地獄じゃァねえのかい」

と言って、髭もじゃ男の肩先をつついた。

「何を言ってやがる。てめえの背中の般若だって、極楽には似合わねえよ」

髭もじゃ男が、猪口《ちょこ》を手にすると、グビッ、と喉を鳴らして酒を飲んだ。

「あのォ、島蔵《しまぞう》さんに用があって来たんですけど」

風呂敷包みをかかえた男が、小声で言った。

「親爺さんにか。早くそれを言え」

隻腕の男が、すぐに立ち上がった。

島蔵が極楽屋のあるじだった。一膳めし屋の屋号が極楽屋とは妙だが、島蔵が洒落《しやれ》

でつけた名である。

土地の者や極楽屋を知る者は、この店をひそかに地獄屋とか地獄宿と呼んで恐れ、滅多《めった》に近寄ることはなかった。

それというのも、島蔵は一膳めし屋の他に口入れ屋もいとなんでいた。口入れ屋は下男下女、中間《ちゆうげん》などの奉公人を斡旋《あつせん》する商売だが、島蔵は、人の嫌がる危険な普請《ふしん》場の人足、用心棒、借金取りなど、命を的にした危ない仕事だけを引き受けて、男たちを派遣していたのである。

当然のことながら、真っ当な男はこうした仕事を引き受けない。ところが、島蔵はまともな仕事にはつけない無宿人、臑《すね》に疵《きず》を持つ男、親に勘当されて行き場のない男、地まわりなど世間から爪弾《つまはじ》きになるような男たちを集め、店のつづきの長屋のような部屋に住まわせて面倒をみていたのだ。

そうした連中が、仕事のないときは店にたむろして飲み食いをしたり、裏手の座敷で小博奕を打ったりして過ごしていた。

それで、土地の者たちは怖がって近寄らず、ひそかに地獄屋とか地獄宿と呼んでいたのである。

待つまでもなく、隻腕の男がでっぷり太った赤ら顔の男を連れてもどってきた。牛のようにギョロリとした大きな目をしている。初老だろうか。頬や顎の肉がたるみ、鬢《びん》や髷《まげ》は白いものが目立った。

赤ら顔の男は板場で洗い物でもしていたのか、濡れた手を前だれで拭きながらふたりの男に近付いてきた。

「てまえが、島蔵ですが」

島蔵は満面に笑みを浮かべ、揉み手をしながら名乗った。妙に低姿勢である。

「わ、わたしは、深川で油問屋をしている君津《きみつ》屋の伝兵衛《でんべえ》でございます」

旦那ふうの男が、声をつまらせて言った。

すると、脇に立っていた風呂敷包みをかかえた男が、

「てまえは、番頭の蓑蔵《みのぞう》でございます」

と、腰をかがめながら言った。

「佐賀《さが》町にある君津屋さんで」

島蔵が驚いたような顔をして訊いた。

君津屋といえば、江戸でも名の知れた油問屋の大店である。島蔵は、くわしいことは知らなかったが、奉公人も二十人ほどいるはずだった。そのあるじと番頭が連れ立って、極楽屋まで来たのである。

「それで、ご用の筋は」

島蔵が、愛想《あいそ》笑いを消して訊いた。

「頼みがあって、うかがったのです」

伝兵衛が声をひそめて言った。

「口入れのお話ですか」

島蔵が訊いた。

「そ、そうです」

「奥で、うかがいましょうか」

そう言うと、島蔵は伝兵衛と蓑蔵を店の奥にある小座敷に連れていった。飲み食いの客ではなく、島蔵の裏稼業にかかわる客の場合は、小座敷で話を聞くことにしていたのである。

島蔵はふたりに茶を出し、喉をうるおしたのを見てから、

「どんな依頼でしょうか」

と、愛想笑いを浮かべて訊いた。女中や人足などの斡旋でないことは、分かっていた。君津屋ほどの大店のあるじが、まともな奉公人を雇うために極楽屋のような店に顔を出すはずはないのである。

「店の警固を頼みたいのです」

「君津屋さんの警固ですか」

島蔵が訊き返した。警固といっても、用心棒であろう。

「は、はい」

「近所に盗人が入ったとか、徒者《いたずらもの》に脅《おど》されたとか……。何か、ありましたか」

店の奉公人では対処できないようなことでもなければ、店の警固など頼みに来ないだろう。

「じ、尽忠党です」

伝兵衛が、震えを帯びた声で言った。

「尽忠党……」

島蔵は、店に出入りする男たちから尽忠党の噂《うわさ》を聞いていた。ちかごろ、江戸で大店に押し入っている夜盗である。しかも、半数は二本差しだという。

「は、はい……。二月《ふたつき》ほど前、材木問屋の荒船屋《あらふね》さんに押し入り、つい五日前には鍋町の成田屋さんです。成田屋さんでは、番頭さんと丁稚のふたりが斬り殺され、千二百両もの大金が奪われたとか……」

伝兵衛が困惑するように顔をしかめて言った。

「尽忠報国之士とか、書いた紙切れを置いておくそうじゃァないですか。まったく、ひどいやつらだ」

島蔵が憤慨《ふんがい》したような口振りで言った。

島蔵は、やっと伝兵衛たちの依頼が推測できた。尽忠党から、店を守って欲しいというのであろう。

「なんとか、店を守っていただけないでしょうか」

伝兵衛が島蔵に目をむけて言った。目に哀願するような色がある。

「うむ……」

島蔵は口をへの字に結んでむずかしい顔をした。用心棒代を引き上げるためでもあったが、尽忠党が押し入った場合、君津屋を守るのがむずかしいのは事実である。一味は六人だという。しかも、武士が三人もいる。それに、尽忠党はいつ君津屋を襲うか知れないのだ。

島蔵がむずかしい顔をしたまま黙っていると、

「何とか、お願いできないでしょうか。このままだと、怖くて夜もおちおち寝てられないのです」

伝兵衛が言うと、蓑蔵も、お願いいたします、と言って、頭を下げた。

「君津屋さん、店を守るといっても容易ではありませんよ」

島蔵は、いかに困難であるかを話した。多少誇張《こちょう》して話したが、容易な仕事でないことは確かである。

「そこを何とか」

「うむ……」

「町方にお願いするわけにはいかないし、島蔵さんのような方におすがりするより他にないのです」

伝兵衛が訴えるように言った。

「君津屋さん、尽忠党には二本差しが三人もいて平気で人を斬るそうです。こちらとしても、命懸けですよ」

「分かっております」

「しかも、毎晩、すくなくとも、三人は店に泊まらなければなりません。……高くつきますよ」

島蔵は依頼を受けるにしても、端金《はしたがね》ではだめだと思った。

「どれほど、差し上げればよろしいんでしょうか」

蓑蔵が訊いた。怯えた顔のなかに、商人らしい色が浮いた。金の話になり、商人の性根があらわれたのだろう。

「正直に申し上げますが、すくなくとも、ひとり一晩、二両は出していただきたい。三人で、六両ということになりますかね。それに、夕めし付きということにしてもらいたいものです」

島蔵は、ふっかけたわけではなかった。このくらい出さないと、引き受ける者はいないだろうと踏んだのである。

「十日で、六十両。百日で六百両ですか」

蓑蔵がそう言って、チラッと伝兵衛を見た。どうするか、あるじの判断を仰ごうと思ったようだ。

「お願いしましょう。それに、百日などという長期にはならないはずです。賊は町方につかまるかもしれませんし、すでに大金を稼いでいるので、江戸から姿を消すかもしれませんからね」

伝兵衛が言った。どうやら、伝兵衛はいまのままの危険な状況が長くつづくとはみてないようだ。

「取りあえず、支度金として五日分ほどいただけますかね」

島蔵は、だれに頼むにしても、手付け金が欲しかったのだ。

「分かりました。蓑蔵、五十両差し上げて……。五日分として、三十両。それに、支度金として二十両、別にお支払いしますよ」

伝兵衛がそう言うと、蓑蔵はすぐに脇に置いてあった風呂敷包みを手にして膝《ひざ》の上に置いた。

手文庫がつつんであった。蓑蔵は島蔵に箱のなかを見せないように蓋を取り、切り餅をふたつ手にすると、蓋をしめてしまった。手文庫のなかに切り餅がどれほど入っていたのか、島蔵には分からなかった。依頼金として持参したのであろう。

「五十両でございます」

蓑蔵は切り餅をふたつ、島蔵の膝先に置いた。切り餅ひとつ二十五両。ふたつで五十両である。

「それでは、とびっきり腕のたつ男をむけますよ」

島蔵は切り餅を手にして立ち上がり、

「どうです。極楽の酒を一杯めしあがりますか」

と言って、愛想笑いを浮かべた。

「いいえ、すぐに店に帰らねばなりませんもので……」

伝兵衛が慌てた様子で立ち上がった。話は無事にすんだが、極楽屋で荒くれ男たちといっしょに酒を飲む気にはなれなかったのだろう。

4

深川海辺大工町《うみべだいくちょう》。小名木川《おなぎがわ》にかかる万年橋《まんねんばし》のたもと近くに笹屋《ささや》というそば屋があった。その笹屋の二階の座敷に、六人の男が集まっていた。片桐右京、安田平兵衛、深谷《ふかや》の甚六《じんろく》、朴念《ぼくねん》、孫八《まごはち》、嘉吉《かきち》、峰次郎《みねじろう》。それに極楽屋のあるじの島蔵である。島蔵を除いた片桐たち七人は、いずれも極楽屋に出入りする男たちだった。

笹屋の主人の松吉《まつきち》は、島蔵の息のかかった男である。島蔵たちが密談をするとき、笹屋を使うことが多かった。店の女中には、島蔵たちは俳句仲間で、句会の相談のために集まっているとの触れ込みだった。

島蔵には、口入れ屋の他にもうひとつの裏の顔があった。さらに命懸けの仕事「殺し」をひそかに請け負っていたのである。

浅草《あさくさ》、本所《ほんじょ》、深川界隈《かいわい》の闇の世界で、「この世に生かしておけねえ奴なら、殺しを地獄の閻魔《えんま》に頼め」とささやかれていた。

地獄は地獄屋で、閻魔は島蔵である。島蔵の風貌が閻魔に似ていたので、そうした言葉を生んだのかもしれない。

島蔵は殺し人の元締めであった。座敷に集まっている右京、平兵衛、甚六、朴念、孫八は、地獄屋に出入りする殺し人だった。また、嘉吉と峰次郎は、手引き人である。手引き人は、殺し人と組んで、狙った相手を探ったり尾行したりして、殺し人の仕事を助けるのである。

孫八だけは、状況や依頼によって殺し人もやるし、手引き人も引き受けていた。

座敷に酒と肴《さかな》がとどき、男たちが手酌でいっとき飲んでから、

「殺しの仕事ではないのだがな。でかい仕事で、腕もいる」

島蔵が切り出した。

「一昨日《おとつい》、佐賀町にある君津屋のあるじと番頭が、極楽屋に顔をみせてな、店の警固を頼んだ」

「元締め、用心棒ですかい」

甚六が訊いた。

甚六は半年ほど前、新しく殺し人にくわわった男である。中山道の深谷宿近くに、百姓の次男坊として生まれ育ったが、少年のころから深谷宿に出入りし、十七、八になると一端の渡世人のような顔をして遊び歩くようになった。

そのうち、酒や女の味を覚え、宿場の親分の駒蔵《こまぞう》がひらいている賭場《とば》にも顔を出すようになり、駒蔵から杯をもらって子分になった。甚六は度胸があり長脇差を遣うのも巧みだったことから、歳とともに顔が利くようになり、数年経つと、駒蔵の右腕のような存在になった。

甚六が二十七のときだった。駒蔵が急逝《きゆうせい》した。以前から酒の飲み過ぎで、むくんだような顔をし、喘《あえ》ぐような息遣いをしていたが、急に胸の痛みを訴えて心ノ臓がとまったのである。現在の心筋梗塞《こうそく》であろうか。

駒蔵の跡目を継いだのが、駒蔵の倅《せがれ》の勇助《ゆうすけ》だった。ところが、甚六と勇助は馬が合わなかった。

甚六は勇み肌で気風《きっぷ》もよかったが、勇助は陰湿で酷薄な性格だった。しかも、甚六の方がひとつ歳上だったのである。そうしたことから、勇助は甚六の存在を疎《うと》ましく思ったようだ。それに、子分たちの多くが、兄貴、兄貴、と言って甚六を立て、頼りにするようになったのだ。

勇助はおもしろくなかった。ある日、勇助は街道を流れてきた無頼牢人に、甚六の殺しをひそかに依頼した。

甚六は牢人に襲われ、あわやというとき、偶然、子分のひとりが通りかかり甚六に助太刀した。ふたりでなんとか牢人は斃《たお》したが、助太刀した子分はそのとき負った傷が重く、数日後に他界してしまった。

甚六は勇助に命を狙われていることを知り、

……おれが宿場を出るか、勇助を始末するしかない。

と、思った。

だが、甚六は親分の倅の勇助を斬る気にはなれなかった。

甚六は深谷宿を出て、三年ほど渡世人として中山道や日光《にっこう》街道などをさまよった後、江戸に出た。

江戸に出た甚六は賭場に出入りしたり、普請場の人足をしたりして生きてきたが、ふらりと立ち寄った極楽屋が気に入って、住み着いたのだ。

甚六は、極楽屋の他の住人たちと同じように、島蔵が斡旋してくれる普請場の人足や用心棒などをして暮らしていた。

そんなある日、要橋ちかくで極楽屋の住人が、通りすがりの遊び人ふたりと些細《ささい》なことで喧嘩になった。そのとき、通りかかった甚六が落ちていた棒切れを手にし、長脇差のようにふるって、ふたりの遊び人を打ちのめした。

たまたまこの様子を見ていた島蔵が、

「どうだ、殺しの仕事をやってみないか」

と話し、甚六を殺し人のひとりにくわえたのである。

「甚六、ただの用心棒じゃァねえぜ。相手は、尽忠党だ」

島蔵が一同に視線をやりながら、低い声で言った。

「尽忠党……」

甚六が驚いたような顔をした。甚六も、尽忠党のことは噂に聞いていたのだ。

「相手は大物だからな。用心棒といっても、殺し並の稼ぎにはなる」

島蔵は、ひとり頭一晩二両で、夕めし付きであることを言い添えた。

「十日、寝泊まりすりゃア、二十両か」

朴念が目を剝いて言った。

朴念は巨漢で坊主頭だった。黒羽織に黄八丈の小袖姿で、町医者のような格好をしていた。法衣や道服で、僧侶に化けることもある。歳は三十代半ば、全身が鋼《はがね》のような筋肉でおおわれている。熊のようなごつい体だが、丸顔で目が細く、小鼻の張った愛嬌《あいきよう》のある顔をしていた。

朴念は手甲鈎《てつこうかぎ》を武器にしていた。手甲鈎を嵌《は》めた手で怪力にものを言わせて殴り殺したり、爪のような鈎で顔や喉を引き裂くのである。

朴念とは変わった名だが、本名ではない。手甲鈎を指南してくれた武芸者に、おまえは朴念仁だといわれ、その後朴念と名乗るようになったのだ。

「二十日なら、四十両だ。それに夕めしの心配もねえ」

島蔵が言い添えた。

「元締め、尽忠党は六人ですぜ。しかも、侍が三人もいるようだ。腕もたつと聞いてやす。殺しより、むずかしいかもしれねえ」

孫八が、猪口を手にしたまま言った。

孫八は四十半ば、小柄で背丈は五尺（約百五十センチメートル）そこそこだった。表むきは屋根葺《ふ》き職人だが、動きが俊《や》敏で匕首《あいくち》を巧みに遣う。

「孫八の言うとおりだ。尽忠党を殺るのは、むずかしいだろう。だがな、君津屋に尽忠党を始末してくれと頼まれてるわけじゃァねえんだ。尽忠党を追い返して、店を守りゃァいいのよ。それに、毎夜、三人ほどで泊まらせてもらうことにしてある。……三人でな、一味を店に入れずに、追い返せばいいわけだ。何か手はあるだろうよ」

島蔵が言うと、

「おれは、やるぜ」

と、朴念が声を大きくして言った。

すると、甚六も、

「おれも、やる」

と言い、孫八、嘉吉、峰次郎の三人も、やることになった。

「片桐の旦那は、どうしやす」

島蔵が訊いた。

「連日でなくともいいのか」

右京は、毎夜長屋を出て君津屋に寝泊まりすることはできないと思った。まゆみに、殺し人であることは内緒にしていたので、連日家をあけるわけにはいかなかったのだ。

「都合のつく夜だけで、いいんでさァ」

島蔵が、小声で言った。

「それなら、頼むか」

右京は、三日に一晩くらいなら遠方に出稽古に行ったことにすれば、何とかなるだろうと思った。

「安田の旦那は？」

島蔵が、黙って酒を飲んでいる平兵衛に目をむけて訊いた。

「わしは、遠慮しとこう。この歳になると、夜通しというのは辛いのでな」

平兵衛は、背を丸めたまま小声で言った。

平兵衛は老齢だった。鬢や髷は白髪が目立ち、皮膚には老人特有の肝斑《しみ》も浮いていた。小柄で、背もすこし丸まっている。いかにも、頼りなげな老爺である。ただ、そうした外見に反し、平兵衛は江戸の闇世界で、人斬り平兵衛と恐れられた殺し人だった。

「安田の旦那は、またにしやしょう」

島蔵は、今夜は、ゆっくりと飲んでくれ、と言って、銚子を取った。

5

右京は平兵衛と連れ立って、笹屋を出た。陽は西の家並の向こうに沈んでいた。西の空は、夕焼けに染まっていたが、まだ、上空には青さが残っていた。

通り沿いの樹陰や表店の軒下には、淡い夕闇が忍び寄っていた。静かな雀色時《すずめいろどき》である。大川沿いの通りにはぽつぽつと人影があり、迫りくる夕闇に急かされるように急ぎ足で通り過ぎていく。

大川の川面《かわも》に夕焼けが映じ、淡い紅葉《もみじ》色に染まっていた。その川面を客を乗せた猪《ちょ》牙《き》舟や荷を積んだ艀《はしけ》などが、ゆったりと行き交っている。

右京たちは、小名木川にかかる万年橋を渡り、大川端を上流にむかって歩いた。大川の川面を渡ってきた風が、酒気を帯びた肌に心地よく染みた。

「どうだ、まゆみは変わりないか」

平兵衛が歩きながら訊いた。

「はい、ちかいうちに、義父上《ちちうえ》の家に行きたいと言ってましたよ」

右京にとって、平兵衛は義父だった。殺し人の仲間の前では、安田さんと呼んでいるが、ふたりだけになると、義父上と呼ぶ。

「近くに来たら、右京も寄ってくれ」

「はい」

平兵衛の住む庄助店《しょうすけだな》は、本所相生《あいおい》町にあった。右京がまゆみと所帯を持つ前は、平兵衛はまゆみとふたりで庄助店に住んでいた。表向きは、刀の研ぎ師である。

「義父上、尽忠党が成田屋に押し入ったのをご存じですか」

右京が歩きながら訊いた。

「知っている。長屋の連中が騒いでいたからな。番頭と丁稚が、斬り殺されたそうではないか」

「実は、成田屋へ行ってみたんです」

「死骸《ほとけ》を見たのか」

平兵衛が、右京に顔をむけた。

「はい、見たのは丁稚ですが、首を刎ねられていました」

「首をな」

「おそらく、下手人は丁稚の正面から踏み込み、横一文字に払った太刀で首の骨まで截断したのです」

右京が低い声で言った。

「遣い手のようだな」

平兵衛の細い双眸が、うすくひかった。剣の遣い手らしい鋭い目である。

平兵衛は、金剛《こんごう》流の達人だった。金剛流は富田《とだ》流小太刀の流れを汲《く》む一派で、小太刀から剣、薙刀《なぎなた》、槍まで指南していた。

平兵衛は金剛流の修行をとおして、小太刀の俊敏な寄り身、正確な間積もり、敵の武器に応じた体捌《さば》きなどを身につけた。

金剛流の門を去ってから、平兵衛は口を糊するために極楽屋に出入りするようになり、殺しに手を染めるようになったのだ。

平兵衛には「虎《とら》の爪《つめ》」と称する必殺剣があった。小太刀の寄り身を生かし、殺しの実戦を通して会得した一撃必殺の剣である。

刀身を左肩に担ぐように逆八相《ぎゃくはっそう》に構え、敵の正面に一気に身を寄せる。すると、敵は退くか、面に斬り込んでくるしかなくなる。

敵が退けば、さらに間合をつめ、面に斬り込んでくれば、刀身を振り上げて敵の斬撃を撥ね上げ、刀身を返して袈裟に斬り下ろすのだ。

敵の右肩に入った刀身は、鎖骨と肋骨を截断し、左脇腹に達する。ひらいた傷口から、截断された骨が猛獣の爪のように見える。そのことから、虎の爪と称されているのだ。

ただ、老いて頼りなげな平兵衛の姿を見ると、そうした必殺剣を遣う殺し人とは想像もできない。

「尋常な剣ではないようです。何か心当たりはありますか」

右京が訊いた。

「横一文字に首を払う剣か。……変わった剣だが、心当たりはないな。ただ、構えは八相か、脇構えであろうな」

平兵衛が、下手人は八相か脇構えにとり、踏み込みながら横に払うのではないかと言い添えた。

「ただ、それだと、正面からかなり深く踏み込まねばなりません。面や籠手《こて》を斬られる恐れがありますよ」

右京も、鏡新明智流の遣い手だったので、八相や脇構えから横に払うのは危険な刀法だと分かるのだ。

「うむ……。横に払うだけではあるまいな」

平兵衛の顔がけわしくなった。

「どのような技ですかね」

右京は、成田屋で丁稚の傷口を見たときから気になっていたのだ。

「分からん。いずれにしろ、迂闊《うかつ》に抜き合わせられんな。それに、尽忠党には武士が三人もいるそうではないか。夜盗と思って侮《あなど》ると、痛い目をみるかもしれんぞ」

平兵衛が虚空《こくう》に目をむけて言った。

「わたしも、迂闊に相手にできないとみています。……店を守るだけの用心棒どころか、殺しよりむずかしい相手かもしれません」

「そうだな」

平兵衛がつぶやくような声で言った。虚空にむけられた双眸が、切っ先のようにひかっている。

ふたりはいっとき口をつぐんだまま歩いたが、

「右京」

と平兵衛が、何か思いついたように声をかけた。

「はい」

「相手の手の内が知れるまで仕掛けるなよ」

平兵衛が右京に顔をむけて言った。

「おまえが、斬られるようなことになれば、まゆみが泣く。夜盗などの手にかかって、おまえを死なせたくないのだ」

「……………」

右京はちいさくうなずいたが、何も言わなかった。平兵衛の気持ちは、痛いほど分かったのである。

ふたりは、無言のまま肩を並べて大川端を歩いた。

すでに、陽は大川の対岸の日本橋の家並の向こうに沈み、大川端は淡い夕闇に染まっていた。通り沿いの表店も店仕舞いし、通りの人影はまばらである。汀《みぎわ》の石垣を打つ流れの音が、ふたりの足元から絶え間なく聞こえていた。

6

「片桐の旦那、一杯どうです」

甚六が銚子を取って、酒をすすめた。

君津屋の帳場の奥にある座敷だった。そこは、取引先と商談をするための座敷らしかった。部屋の隅に、座布団や莨盆《たばこぼん》が置いてあった。店仕舞いすると、ここは空き部屋になる。それで、警固する右京たちが、ここを使うことになったのだ。

この日、君津屋に泊まることになったのは、右京と甚六、それに孫八だった。右京が君津屋に泊まるのは、今夜が初めてである。

夕餉の後、右京たちの世話をしてくれる女中のおらくが酒を運んでくれたので、三人で酒を飲み始めたのだ。

五ツ（午後八時）過ぎだった。座敷の隅に置かれた行灯が、右京たち三人の姿をぼんやりと照らし出していた。

小半刻（三十分）ほど前まで、番頭の蓑蔵と手代が帳場で何やら帳面をめくりながら、算盤《そろばん》を弾《はじ》いていたが、いまはそれぞれの部屋に引き上げたらしく、帳場はひっそりとしていた。

店の奥の奉公人たちの部屋から、物音や話し声などがかすかに聞こえてきた。まだ、起きている者がいるらしい。

「すまんな」

右京は杯を手にして酒を受けた。

「片桐の旦那は、今夜が初めてですかい」

甚六が銚子を手にしたまま訊いた。

「そうだ」

すでに、君津屋の警固は六日前から始まっていた。甚六や孫八は、何晩か君津屋に泊まっているはずである。

「あっしと孫八さんは、三度目でさァ」

甚六が言うと、孫八がうなずいた。

「何事もなかったようだな」

「まったくいい仕事ですぜ。夕めしと酒をごっそうになり、一晩泊まるだけで二両にもなるんですぜ」

甚六の声には昂《たかぶ》ったひびきがあった。顔が赭黒く染まっている。酒気のせいもあるらしい。

「だが、いつ押し入ってくるか分からないぞ。下手をすると、おれたちの首が飛ぶ」

そう言って、右京は杯をかたむけた。

「なに、心配するこたァねえ。江戸には、大店がごまんとあるんですぜ。この店に押し入ってくるのは、富籤《とみくじ》に当たるようなもんでさァ」

そう言って、甚六が顔をくずした。

「だがな、君津屋が高い金を払っておれたちを雇ったのには、それなりのわけがあるようだ」

右京が言った。

「どんなわけで」

甚六が顔をひきしめて訊いた。

「これまで、尽忠党が押し入ったのは三店だが、みな似たような店なのだ。京橋《きょうばし》の太物《ふともの》問屋の平松《ひらまつ》屋、材木問屋の荒船屋、そして薬種問屋の成田屋だ」

右京は、半年ほど前、平松屋に尽忠党が押し入ったことも知っていた。もっとも、長屋の住人が噂していたのを耳にしただけである。

「どこが似てるんです？」

「三店とも、大店だが店に寝泊まりしている奉公人は十人ほどだ。それに、どの店も繁盛していて、金がありそうだった」

奉公人がそれ以上になると、尽忠党の六人では、奉公人をひとり残らず縛り上げて金を奪うのはむずかしい、と右京が言い添えた。

「へえ……」

甚六が真剣な顔をして右京を見た。

「君津屋も、これまで襲われた三店と似たような店だ」

君津屋は繁盛していた。奉公人は住込みの女中まで入れて、ちょうど十人だった。家族は四人、あるじの伝兵衛、女房のお峰《みね》、せがれの利太郎《りたろう》、娘のおはなである。

「あるじが、次はうちの店かもしれないと思い、用心棒を雇う気になったのも不思議はないのだ」

右京が言い添えると、それまで黙ってふたりのやり取りを聞いていた孫八が、

「あっしもそうみてやすぜ」

と、口をはさんだ。

「なに、尽忠党が襲ってきても、三人いりゃァ何とかなりまさァ」

甚六がそう言って、銚子に手を伸ばした。

「三人では、とても太刀打ちできんな」

右京がはっきりと言った。

「だ、旦那、脅かさねえでくだせえ」

甚六の銚子を持った手がとまったままだった。顔がいくぶんこわばっている。

「脅しではない。一味には、武士が三人いる。いずれも、ごろんぼう（無頼漢）ではないはずだ。骨のある武士で、剣の遣い手とみていい」

三人とも、遣い手かどうか分からなかったが、遣い手がいることはまちがいなかった。

「へえ……」

甚六の顔が、さらにけわしくなった。酒の酔いもふっ飛んだようである。

「一味は、これまでの盗人とはちがう。ただ、金が欲しいだけではないようだ。それに、人を斬ることにためらいがない」

すでに、一味は三店に押し入っていた。三千両余を手にしているのではあるまいか。それだけの金を手にすれば、一味の者たちで山分けし、町方の追及から逃れるために姿を隠すか、江戸から逃走するかするだろう。だが、尽忠党には、それらしい動きはないようなのだ。

それに、夜盗が尽忠報国之士と名乗っているのも妙である。一味の三人の武士は、国の行く末を憂える国士のつもりでいるのではあるまいか。

近年、日本近海に異国船があらわれるようになり、一昨年は、浦賀《うらが》沖で異国船に砲撃をくわえて、追い払う事件が起こった。また、大坂では窮民の救済のために大坂町奉行所与力の大塩平八郎《おおしおへいはちろう》が乱を起こすなど、この時代（天保《てんぽう》十年、一八三九年）、世のなかには騒然とした雰囲気があった。

そうしたこともあって、三人の武士は奪った金を世直しのための軍用金にでも使うつもりなのかもしれない。

「片桐の旦那、あっしも気になりやしてね。尽忠党のことで、ちょいと聞き込んでみたんでさァ」

孫八が、低い声で言った。

「それで、何か知れたのか」

右京は、孫八に顔をむけた。

「知り合いの岡っ引きに訊いたり、尽忠党に押し入られた店の近所の者から訊いたりして、分かったんですがね。尽忠党は風の強い夜に、表のくぐり戸を鉈か手斧《ちような》のような物でぶち破って店に押し入るそうでさァ。店に入ると、盗人提灯《がんどうぢょうちん》を使って奉公人の部屋に入り込み、ひとり残らず縛りあげてから金を奪うようですぜ」

盗人提灯は、龕灯のことである。

「風の強い夜か」

「へい」

「今夜の風は……」

そうつぶやいて、右京は耳を立てた。風の音を聞こうとしたのである。甚六と孫八も口をとじて、外の風音に耳をむけた。

風音は聞こえなかった。静かな夜である。

「今夜は、心配ねえようだ」

甚六が、ほっとしたような顔をして銚子に手を伸ばした。

第二章　殺しの依頼

1

「片桐さま、入ってもよろしいでしょうか」

障子の向こうで、番頭の蓑蔵の声がした。

右京は、君津屋に来ていた。右京たち警固の者にあてがわれた帳場の奥の座敷にいた。孫八と甚六もいっしょである。

右京が君津屋に来るのは、今日で三日目だった。すでに、君津屋を警固するようになって半月ほど経つ。まだ、尽忠党が押し込んでくるような気配はなかった。尽忠党は成田屋に押し込んだ後、君津屋だけでなく、他の店にも手を出していなかった。

「入ってくれ」

夕餉の後、右京たち三人は、いつものように君津屋で用意してくれた酒をかたむけていたのである。

障子があいて、顔を出したのは蓑蔵と手代の梅三郎《うめさぶろう》だった。梅三郎の顔が、こわばっていた。何かあったのかもしれない。

「どうした？」

右京は、蓑蔵と梅三郎が腰を下ろすのを待ってから訊いた。

「実は、気になることがございまして」

蓑蔵は、梅三郎に顔をむけ、おまえから、お話ししろ、と小声で言った。

梅三郎はちいさくうなずいてから、右京に顔をむけ、

「表で、うろんな男を見かけました」

と、小声で言った。

「うろんな男とは？」

「手ぬぐいで、頬っかむりした男が、店を覗きながら前を通ったのです。それだけなら、どうということはないのですが、半刻（一時間）ほど後、また同じ男を見かけたものですから、心配になりまして……」

梅三郎によると、初めは客を送りだしたときに目にし、二度目は倉庫に運び込む搾《しめ》滓《かす》を確かめるために、店先に出たときに男の姿を見かけたという。

君津屋は魚油、搾滓、干鰯《ほしか》などを扱っていた。搾滓と干鰯は金肥《きんぴ》とよばれ、肥料と

して高値で売れたのである。君津屋には、店舗の脇に搾滓と干鰯をしまう倉庫もあったのだ。

「どんな男だい」

甚六が訊いた。浅黒い顔がひきしまっている。今夜は、ほとんど酒を飲んでいなかったのだ。

「船頭のように見えましたが、ちがうかもしれません」

梅三郎が言った。男は、黒の半纏《はんてん》に股引《ももひき》姿だったという。手ぬぐいで頰っかむりし、二度とも店のなかを覗くように見ながら通り過ぎたそうだ。

「連れは、いなかったのか」

右京が訊いた。

「ひとりでした」

「それだけでは何とも言えんが、用心にこしたことはないな。蓑蔵、今夜だけはすぐに起きられるような身支度で休み、万一のときは手筈《てはず》どおり動いてくれ」

その男が押し込みの下見にきたのかもしれない、と右京は思った。それというのも、今日は午後から風が出て、いまもかなりの強風が吹いていたからだ。甚六や孫八が酒に手を出さないのも、強風のせいである。

「しょ、承知しました」

蓑蔵の声が震えた。右京の話で、今夜、尽忠党が押し入ってくるかもしれないと思ったようだ。

「蓑蔵、梅三郎、案ずることはない。賊が押し入ったとしても、手筈どおり動けば、店に入ることはないからな。それに、おれたちが、かならず店は守る」

右京が静かだが、強いひびきのある声で言った。右京は店の奉公人たちに冷静でいてもらいたかった。奉公人たちが恐怖で錯乱《さくらん》してしまっては、尽忠党の侵入を防ぐことはできないのだ。

「は、はい」

蓑蔵と梅三郎の顔から、いくぶん恐怖の色が薄れた。右京たちがいれば、賊の侵入を防げると思ったのかもしれない。

「てまえたちは、これで」

そう言い残し、蓑蔵と梅三郎は座敷から出ていった。

右京、甚六、孫八の三人は、黙したまま虚空《こくう》に目をむけていた。店の外の風音を聞いていたのである。

右京は、時とともに風が強まってきたように思われた。ヒュウ、ヒュウと音をたてて、通りを吹き抜けていく。強風が店の看板を揺らし、表の大戸をたたく音が得体の知れない化け物の近付く足音のようにも聞こえた。

「だいぶ、風が強くなったな」

甚六が、ぽつりと言った。

「くるかもしれん」

右京は、尽忠党が君津屋に押し込むなら今夜だろう、という気がした。

「いま、何時《なんどき》ごろかな」

「まだ、五ツ（午後八時）ごろですぜ」

孫八が答えた。

「店のなかが、やけに静かじゃァねえか」

そう言って、甚六が首をすくめ、身震いするような仕草をした。

まだ、奉公人たちが寝静まるような時間ではなかったが、店内から物音や話し声はまったく聞こえなかった。奉公人たちはそれぞれの部屋に籠《こも》り、風音に不安をつのらせているのかもしれない。奉公人たちも、尽忠党は風の強い夜を選んで押し入っていることを耳にしているのであろう。

それから小半刻（三十分）ほど過ぎた。右京たち三人は黙したまま座していた。

「……尽忠党が押し入るにしても、子《ね》ノ刻（午前零時）過ぎじゃァねえのかい」

甚六が言った。

「そうだろうな」

「いまから、怖がって震えてるこたァねえや」

甚六が、急に声を大きくして言った。

「甚六の言うとおりだ。すこし、横になるか」

右京は座敷に横になり、手枕をして目をとじた。眠ることはないが、気を休めようと思ったのである。

甚六と孫八も横になったが、目はひらいている。部屋の隅に置かれた行灯《あんどん》の灯が、右京たち三人をぼんやり照らし出していた。

風は強くなるばかりだった。強風が看板を揺らし、激しく大戸をたたいて吹き抜けていく。

2

どれほど時が過ぎたのだろうか。子ノ刻ごろかもしれない。風はさらに強くなっていた。

そのとき、右京は風音のなかにかすかに足音を聞いた。

……来た！

右京は目をひらいた。

数人の足音である。表通りを疾走してくる。尽忠党であろう。しだいに、足音は店先に迫ってきた。

右京は身を起こした。甚六と孫八も、跳ね起きた。ふたりとも店に近付いてくる足音を耳にしたようだ。

「右京の旦那、尽忠党のようだ」

甚六が声を殺して言った。怯えや恐怖の色はなかった。顔がひきしまり、双眸が餓《が》狼《ろう》のようにひかっている。長脇差一本を頼りに、街道を流れ歩いた一匹狼の顔である。

「よし、手筈どおりだ」

右京は手早く袴の股立《ももだち》を取り、刀を腰に差した。

甚六は懐《ふところ》から細紐を取り出すと襷で両袖を絞り、着物の裾を後ろ帯にはさんで尻《しり》っ端《ぱし》折《しょ》りした。一方、孫八は座敷の隅に置いてあった匕首を懐に呑んだだけである。

腰切半纏に股引姿だったので、身支度の必要はなかったのだ。

「店の前へ来たぞ」

甚六が、低い声で言った。

数人の足音が、店の前でとまった。人声も足音も聞こえず、風音だけが絶え間なくひびいている。

「孫八、奉公人たちと二階を頼む」

右京が指示した。

孫八が一階をまわり、それぞれの部屋で休んでいる奉公人たちに尽忠党が来たことを知らせるのである。そして、奉公人たちが動き出したら二階の通り側の部屋から、板木をたたくことになっていた。そのための板木も用意してあった。騒ぎを大きくして、隣近所に賊の侵入を知らせるのだ。

「へい」

孫八が障子をあけて、廊下に飛び出した。

「甚六、明りを頼む！」

「合点だ！」

甚六は行灯の火を使って、用意しておいた手燭に火を移した。

「行くぞ！」

右京につづいて、甚六が部屋から廊下に出た。

廊下は暗かった。帳場もそれにつづく土間も闇につつまれていたが、甚六の手燭が闇を切り裂くように辺りを照らした。

表の大戸はしまったままだった。尽忠党はなかの様子をうかがっているのであろうか。足音も物音も聞こえなかったが、何人もがひそんでいる気配がした。

右京たちが帳場格子の前まで来たとき、

……明りが見えるぜ。

と、大戸の向こうでくぐもった声がした。賊の声である。大戸に身を寄せているらしい。甚六の手にした明りを大戸の隙間から目にしたようだ。

……大勢いるのか。

別の声がした。

……明りはひとつだ。……ふたりいるぜ。

……かまわねえ、戸を破れ！

野太い声がした。

右京は刀を抜くと、土間へ飛び下りた。甚六も長脇差を手にして、後につづく。

そのときだった。帳場の奥で、慌ただしく障子をあける音や廊下を走る何人もの足音がひびいた。店の奉公人たちが、部屋から廊下へ出てきたのだ。足音は、帳場へむかってくる。

ただ、表にいる尽忠党の者たちには、足音がかすかにしかとどかなかっただろう。風音にまぎれてしまうのだ。

ガシャッ！

突如、大きな音がし、くぐり戸の板が裂けた。鉈だ。賊のひとりが、鉈をふるって、くぐり戸の板を破ったのだ。

右京は足音を忍ばせて、くぐり戸の脇に近寄った。甚六は、右京がくぐり戸に近寄ったことを隠すために帳場に残ったままである。

さらに、賊は鉈をふるった。くぐり戸の板が砕けて飛び散った。

ドカドカ、と廊下を歩く足音がし、帳場ちかくに黒い人影があらわれた。七、八人はいるだろうか。孫八の指図で集まってきた店の奉公人たちである。

……何人か、出てきたぞ！

板戸の向こうで、うわずった声がした。甚六の燭台の明りに浮かび上がった奉公人たちの人影を目にしたようだ。

「かまわねえ、早くあけろ！」

怒鳴り声がした。指図したところをみると、一味の頭目格らしい。

つづいて、くぐり戸の板の砕ける音がし、板切れが飛んで裂け目ができた。手が入るほどの隙間ができている。

右京は、刀の切っ先をくぐり戸の隙間にむけて身構えた。

と、くぐり戸の隙間から、太い腕が差し込まれ、何かを探すように動いた。

瞬間、右京が刀を一閃させた。

にぶい骨音がし、前腕が土間に落ちた。右京の一撃が、腕を斬り落としたのである。

ギャッ！

と、凄まじい叫び声がひびいた。

截断された腕から血が筧《かけい》の水のように土間へ流れ出たが、それも一瞬で、斬り落とされた前腕だけ残して、肩先はくぐり戸の向こうへ引っ込んだ。大戸の向こうで男の絶叫と怒声がひびき、慌ただしく人の動く音がした。

「押し込みだ！」

甚六が怒鳴った。

つづいて、「押し込みだ！」、「尽忠党だぞ！」、「みんな、出てこい！」などいう奉公人たちの叫び声が起こり、帳場の床を大勢で踏む足音が、店内にひびいた。奉公人たちが、帳場に出ていっせいに床を踏み鳴らしながら、叫んでいるのだ。甚六の手にした明りが、浮かび上がった人影を十数人もいるように見せた。薄暗いところで、叫び声を上げながら動きまわったからである。

それだけではなかった。突如、二階の通りに面した雨戸があき、カーン、カーン、と板木を打つ甲高い音が、ひびき渡った。二階の座敷にも明りがつき、障子に何人かの人影が映っていた。孫八が板木を打ち鳴らし、番頭の蓑蔵とあるじの伝兵衛が二階にまわったのである。

そうやって、一階にも二階にも大勢の者が店内にいるように見せかけたのだ。しかも、大きな音を立てて、隣近所に夜盗の侵入を知らせようとした。すべて、右京の手筈どおり、店の者たちが動いたのである。

「頭、大勢いやすぜ！」

大戸の向こうで、うわずった声がした。

「おい、二、三十人はいるぞ」

別の声がした。武士の物言いである。

「引け！」

頭目格らしい男が声を上げた。

すぐに、大戸の前で数人の足音がひびいた。戸口から走り去っていく。

右京はくぐり戸の隙間から外を覗いて見た。淡い月光のなかに、黒い人影が見えた。六人いる。ひとりは、よろよろしながら五人の後を追っていく。右京に腕を截断された男であろう。武士は三人らしい。月明りのなかに、刀を帯びている三人の姿がぼんやり浮かび上がっていた。

いっときすると、六人の賊の姿は夜陰に溶けて見えなくなった。二階から聞こえていた板木をたたく音もやんでいる。

「賊は、逃げた」

右京が、帳場に立っている男たちを振り返って言った。

ワアッ、と、丁稚のひとりが歓声を上げた。手代のなかからは「尽忠党を追い返したぞ！」、「よかった！」、「片桐さまたちのお蔭だ」などいう声が聞こえた。丁稚のなかには興奮して、飛び上がったり、手をたたいたりしている者もいた。

「片桐の旦那、うまくいきやしたね」

甚六が右京のそばに来た。口許には笑いが浮いていたが、まだ、目は餓狼のようにひかっていた。気が昂っているのだろう。

「奉公人たちが、尽忠党を撃退したのだ」

右京は、君津屋を守ったのは奉公人たちだろうと思った。

「鬼が、腕を一本残していきやしたぜ」

甚六が土間に転がっている腕に目をやりながら言った。

「鬼たちが、これで、おとなしくなればいいがな」

右京は、尽忠党がこのまま姿を消すとは思えなかった。

3

行灯の灯のなかに、五人の男の姿が浮かび上がっていた。武士が三人、町人がふたりである。五人の顔には、屈託の翳《かげ》が張り付いていた。

五人が座しているのは、板塀をめぐらせた仕舞屋《しもたや》の居間である。川の近くらしく、流れの音が低い地響きのように聞こえていた。

五人は尽忠党だった。君津屋に押し入ろうとして失敗し、逃げ帰ってから三日経っていた。

「又蔵《またぞう》はどうしてる」

中背で痩せた男がくぐもった声で訊いた。尽忠党の頭目である。四十がらみ、鷲鼻で蛇《へび》を思わせるような細い目をしていた。酷薄そうな顔付きである。

「奥で唸《うな》ってまさァ」

小柄な男が低い顔で言った。色の浅黒い丸顔の男だった。げじげじ眉で小鼻が張り、厚い唇をしていた。悪相の主である。この男も、尽忠党のひとりである。

又蔵と呼ばれたのは、右京に腕を斬り落とされた男だった。この仕舞屋の奥の部屋にいるらしい。

「死にはしねえが、しばらく使いものにならねえな」

頭目が渋い顔で言った。

「斬ったのは、腕の立つ男だな」

長身の武士が言った。

眉が濃く、鋭い目をしていた。剣の遣い手らしく、座した姿に隙がなかった。羽織袴姿で、脇に刀を置いていた。御家人か江戸勤番の藩士といった感じである。

「そやつ、何者であろう」

中背の武士が、苛立ったような声で訊いた。

面長で顎がとがっている。肉をえぐりとったように頬がこけていた。この男も羽織袴姿だった。

「何者かは知れぬが、武士であることはまちがいないな」

「他にも、武士はいたのか」

中背の武士が、男たちに視線をまわして訊くと、

「暗くて、侍かどうかはっきりしやせんが、奥の帳場にも刀を持った男がいやしたぜ」

小柄な男が答えた。この男は、大戸の隙間から帳場にいた甚六の手にした長脇差を目にしたのであろう。暗がりだったので、刀と思ったらしい。

「他は、君津屋の奉公人か」

中背の武士が訊いた。

「どうかな。君津屋で雇った者が、何人かいたかもしれんぞ」

と、長身の武士。

「用心棒を雇ったのか」

「そうとしか考えられん」

ふたりの武士のやり取りがとぎれたとき、

っている。

「そろそろ潮時でしょうかね」

頭目が、三人の武士に目をやって言った。細い目が、行灯の灯を映じてうすくひか
「押し込みをやめるというのか」

「このままだと、君津屋が尽忠党を追い払ったという噂は、すぐにひろまりやすぜ。

そうすりゃァ、あっしらが目をつけるような大店は、君津屋の真似をして用心棒を雇
うかもしれねえ。……これからは、押し入るのはむずかしくなりやす。それに、町方
も探っていやすからね」

頭目が言い添えた。

「うむ……」

長身の武士が苦々しい顔をして、虚空を睨むように見すえた。

次に口をひらく者がなく、座は重苦しい沈黙につつまれた。

そのとき、座敷の隅の柱に背をあずけ、黙って話を聞いていた痩身の武士が、

「斬ればいいのだ」

と、低いくぐもった声で言った。

この男が、成田屋で丁稚の首を斬ったのである。目が細く、唇がうすかった。表情

のないのっぺりした顔をしていた。表情のない顔が、陰湿で酷薄な感じをあたえる。牢人であろうか、総髪だった。小袖に袴姿である。

「金ずくで、おれたちを相手に用心棒などやる男は、かぎられているはずだ。そいつを見つけだして斬ればいい」

瘦身の武士が、言い添えた。

「そうだな。このまま引き下がったのでは、江戸中の笑い物だ。尽忠報国之士が、用心棒に舌を巻いて逃げたとな」

長身の武士が、低い声で言った。

ふたりの武士に反対する者はいなかった。ふたりの町人も、このまま引き下がるのはおもしろくなかったのだろう。

「芝蔵《しばぞう》、君津屋にいた武士に何か心当たりはあるか」

長身の武士が、頭目に訊いた。

頭目の名は、芝蔵というらしい。長身の武士の物言いからして、芝蔵は町人三人のなかでは頭目で、三人の武士の頭目格は長身の武士らしい。もっとも、三人の武士の間には、あまり上下の意識はないようだった。

「心当たりはねえが……。深川に金ずくで人を斬る腕のいい殺し屋がいると聞いておりやすが、店の用心棒までやるかどうか」

芝蔵は、首をひねった。

すると、小柄な男が、

「君津屋を探れば、正体が知れやすぜ」

と、上目遣いに芝蔵を見ながら言った。

「寅《とら》、おめえ探ってみろ」

芝蔵が言った。

小柄な男は、寅五郎《とらごろう》という名だった。芝蔵の子分である。

「へい」

「何者か知れたら、おれに知らせろ。何者であれ、おまえたちの手におえる相手ではないぞ」

瘦身の武士が低い声で言った。

「この男の横雲《よこぐも》の剣は、絶妙だからな。どのような相手でも、後れをとるようなことはないはずだ」

長身の武士が、瘦身の武士に目をむけて言った。

4

「吉助《きちすけ》さんですかい」

寅五郎が、大川沿いの道を歩いている初老の男に声をかけた。

初老の男の名は吉助、君津屋に奉公している下働きだった。寅五郎は、君津屋の近くの飲み屋で酒を飲みながら、店の親爺から君津屋のことを聞き込んだ。親爺は、君津屋に用心棒らしい男が寝泊まりしていたようだ、とは口にしたが、用心棒たちの名も素姓も知らなかった。

ただ、寅五郎とのやり取りのなかで、親爺が、

「君津屋には吉助という通いの下働きがいやしてね。そいつに訊けば、君津屋のことはたいがい分かりやすぜ」

と、口にしたのだ。

そこで、寅五郎は君津屋の裏口を見張り、吉助らしい男が出てくるのを待ち、ここまで跡を尾けてきたのである。

「吉助だが、おめえさんは」

吉助が怪訝《けげん》な顔をして寅五郎を見た。

「梅吉《うめきち》でさァ。船頭をしてやす」

寅五郎は、頭に浮かんだ偽名を口にした。名は隠しておきたかったのである。

「何か用けえ」

吉助はつっけんどんな物言いをした。寅五郎を、うさん臭い男とみたのかもしれない。

「ちょいと、訊きてえことがありやしてね」

寅五郎は、すばやく懐から一朱銀を取り出すと、

「とっといてくんな」

と言って、吉助の手に握らせてやった。

「こいつは、すまねえ」

途端に吉助は目尻を下げて、腰をかがめた。袖の下が効いたのだ。一朱銀は吉助のような男には、大金だったのである。

いまの寅五郎にとっては、一朱もたいした金ではなかった。すでに、分け前として二百両もの大金を手にしていたのだ。

尽忠党は三千両の余を押し入った店から奪っていたが、寅五郎は芝蔵の手下だった

ので、分け前がすくなかったのである。

「歩きながらでいいぜ」

そう言って、寅五郎はゆっくりと歩きだした。

大川沿いの通りを行き来する人影は多かった。路傍に立って話をしていると、人目を引くのである。

吉助は腰をかがめ、ニヤニヤしながら寅五郎に跟《つ》いてきた。

「おれは、船宿の船頭をしてたんだが、つまらねえことで女将《おかみ》さんと喧嘩しちまってな。店にいられなくなっちまったのよ」

寅五郎は、もっともらしい作り話をした。君津屋にいた用心棒たちのことを聞き出すためである。

「仕事がなくなっちまったのかい」

歩きながら、吉助が訊いた。

「まァ、そうだ。……船頭仲間に聞いたんだがな。君津屋じゃァ、船頭を探してるそうじゃァねえか」

「そんな話は聞いてねえなァ」

吉助が言った。

「ちかごろ、奉公人とはちがう男が君津屋を出入りしてると聞いてるぞ」

「……」

吉助は、首をひねっている。

「腕っ節の強《つえ》えやつを集めてるんじゃねえのかい。なかには、侍もいると口にしてる者もいるくらいだ」

「ああ、そのことけえ。……おめえ、尽忠党を追い払ってくれた人たちの話を聞いたんじゃァねえのか」

吉助が声を大きくして言った。

「尽忠党を追い払ったのかい」

寅五郎が驚いたような顔をして訊いた。腹のなかでは、ちくしょうめ、と思ったが、顔には出さなかった。

「そうよ。若《わけ》えが腕はいいし、機転も利く。まったくてえしたもんだ。店の奉公人をうまく使って、尽忠党を一歩も店に入れなかったんだからな」

吉助は得意になって、訊きもしないことまでしゃべった。

「侍なのかい」

寅五郎が声をひそめて訊いた。

「侍だよ」

吉助は、御家人らしいが、はっきりしたことは分からねえ、と言い添えた。

「なんてえ名だい」

寅五郎は、その侍の名が知りたかった。

「片桐さまだよ」

「お屋敷はどこだい」

寅五郎は、片桐の名を聞いた覚えがなかった。住処《すみか》が知れれば、何者なのか分かると思ったのだ。

「そこまでは知らねえ」

「他にも、いたんじゃァねえのかい」

さらに、寅五郎が訊いた。

「片桐さまの他に、ふたり来てたよ」

「ふたりの名は、分かるかい。おれの知り合いかもしれねえんだ」

「甚六さんと、孫八さんだよ。……おれは、甚六さんは好かねえんだ。やくざ者みてえだったからな」

吉助が顔をしかめて言った。

「おれの知り合いにも、孫八てえ名の男がいたな。家はどこだい」

寅五郎は、何とかふたりの塒《ねぐら》を聞き出したかった。ひとり分かれば、他のふたりもつきとめられるはずだ。

「家かどうかは知らねえが、深川の吉永町のことを話してたよ」

「吉永町か。……それで、甚六の家は」

「知らねえ。おめえ、やけにしつこいな。……御用聞きの手先じゃァあるめえな」

吉助が急に声色を変えた。疑わしそうな目で、寅五郎を見ている。

「御用聞きの手先が、一朱も握らせて話を聞くかい。おれは、船頭の口を探してるのよ。おめえが、尽忠党を追い返した話をしたんで、訊いてみたんじゃァねえか」

寅五郎がもっともらしく言った。

「そうだったな」

吉助はつぶやくような声で言って、首をすくめた。

「船頭の話はあきらめたよ」

寅五郎は足をとめ、とっつァん、あばよ、と言い置いて、きびすを返した。吉助からこれ以上訊くと、襤褸《ぼろ》が出ると思ったのである。

翌日、寅五郎は深川吉永町へ足を運んだ。仙台堀沿いの店に立ち寄ったり、通りすがりの者に訊いたりして、甚六と孫八が極楽屋という一膳めし屋に出入りしていることをつかんだ。

さっそく寅五郎は、極楽屋のある場所へ行ってみた。

……妙な店だ。

寅五郎は極楽屋の店先に目をやりながら、ただの一膳めし屋ではないと思った。探ってみる価値がありそうだ。

5

柳橋に一吉《いちよし》という料理屋があった。その店の二階の座敷で、四人の男が酒を酌《く》み交わしていた。

極楽屋の島蔵、平兵衛、右京、それに一吉のあるじの吉左衛門《きちざえもん》の四人である。

「浅草瓦《かわら》町の丸子屋《まるこや》のあるじの仙右衛門《せんえもん》さん。日本橋小伝馬町の黒田屋《くろだや》のあるじの徳次郎《とくじろう》さん、おふたりをご存じですかね」

吉左衛門が、切り出した。

「店の名は聞いているが」

島蔵が小声で言った。

丸子屋は米問屋、黒田屋は両替屋だった。いずれも、界隈では名の知れた大店である。

「実は、仙右衛門さんと徳次郎さんとは、前から懇意にしていただいてましてね。それで、わたしに話があったんですよ」

吉左衛門が笑みを浮かべて島蔵に言った。

「肝煎屋《きもいりや》としての話ですかね」

島蔵は吉左衛門に訊いた。

「そうですよ」

吉左衛門は口許に笑みを浮かべて言った。

吉左衛門は五十がらみ。丸顔で目が細く、柔和な顔をしていた。唐桟《とうざん》の羽織に細縞の小袖、いかにも老舗《しにせ》の料理屋のあるじといった感じである。

吉左衛門には、もうひとつ別の顔があった。一吉のあるじは、世間の目をのがれるための顔といってもいい。江戸の闇の世界で、肝煎屋とかつなぎ屋とかよばれる殺しの斡旋人である。

殺しの依頼があると、島蔵のような殺し人の元締めにつなぐのだ。当然、間に入った吉左衛門には、相応のつなぎ料が手に入る。

「話を聞かせてくれ」

島蔵が言った。

平兵衛と右京は、黙ってふたりに目をむけている。ふたりがここに来たのは、島蔵から話があったからだ。

島蔵は吉左衛門の使いから、一吉まで来てほしい、との言伝を聞いたとき、それとなく何の話か訊くと、君津屋にかかわる話らしいと教えてくれたので、平兵衛と右京を同行する気になったのだ。

「片桐さまたちが、君津屋で尽忠党を追い払ったそうですね」

吉左衛門が右京に目をむけて言った。

「奉公人たちが、騒いだので逃げ出しただけだ」

右京は、表情も変えずに言った。

「そのことを、丸子屋さんと黒田屋さんは、耳にしたようですね。それで、頼む気になったらしいです」

吉左衛門が、笑みを浮かべたまま訊いた。

「用心棒ですかい」

島蔵は渋い顔をした。用心棒は、殺しの仕事ではない。島蔵には、あまり実入りがないのだ。

「殺しですよ」

吉左衛門が小声で言った。口許から笑みが消え、剽悍《ひようかん》そうな顔付きになった。肝煎屋としての顔である。

「殺しか」

島蔵の顔付きも変わった。ギョロリとした大きな目が底びかりし、殺し人の元締めらしい凄みのある顔になった。

「相手は、尽忠党ですよ」

吉左衛門が言った。

「尽忠党なら用心棒じゃァねえのかい」

「それが、始末をしてほしいそうですよ」

「どうして、殺しを頼む気になったんだい。店を守ればいいはずだがな」

島蔵は腑《ふ》に落ちない顔をした。

「丸子屋さんも黒田屋さんも、君津屋さんと同じように尽忠党に狙われやすい店でしてね。いつ尽忠党に押し入られるか、びくびくしてたらしい。そうしたおり、君津屋さんのことを耳にしたようです」

「それで？」

島蔵が話の先をうながした。

「当初は、君津屋さんのように用心棒を頼み、店を守ってもらおうと考えたようです。ですが、いつ押し入ってくるかわからない賊にそなえて、毎晩金を払って泊まってもらうのは高くつく。それに、君津屋さんのように、うまく追い返せるかどうかも分からない。そこで、いっそのこと尽忠党を始末してもらった方が、さっぱりすると考えた。それに、長い間店を守ってもらうより、かえって安く済むとみたわけですよ」

「一味は六人だ。殺しは安くないぞ」

島蔵が口をはさんだ。

「安くないことは、丸子屋さんも黒田屋さんも承知してますよ。ですが、二店で金を出せば、半額で済む。それに、おふたりは黙っていましたが、他にも似たような店にそれとなく声をかけたようですよ。……何店か集まれば、用心棒を雇うよりはるかに安くなる。それに、万一失敗したとしても一味の者に自分の店だけ、恨まれるようなこともない。商人らしく算盤をはじいた上で、殺しを頼みに来たわけですよ」

吉左衛門が小声で話した。

「おれたちのことを、店のあるじたちに話したのか」

島蔵が困惑したような顔をして訊いた。

「島蔵さん、てまえが殺し人のことなど口にすると思ってるんですか。そんなことをすれば、てまえの首を絞めるようなもんですよ。……さるお方にうまく始末していただく、と丸子屋さんと黒田屋さんには話してあります。ふたりとも、島蔵さんのことも極楽屋のことも知りゃァしません」

吉左衛門はそう言うと、口許に笑みを浮かべた。

「それなら安心だが、相手はただの盗人じゃァねえ。仲間には腕の立つ武士が、三人もいるそうだからな」

島蔵がそう言って、平兵衛と右京に目をむけた。

「むずかしいな。相手は六人だからな」

右京が、表情のない声で言った。

平兵衛は、無言のまま虚空に目をとめている。

「吉左衛門さん、聞いてのとおりだ。……引き受けるとしても、地獄屋の者が総出でかからにゃァならねえ」

島蔵は腹の内では引き受ける気になっていた。ちかごろ殺しの依頼がなく、懐が寂しかったこともある。

「分かってる……ひとり頭、三百でどうだい」

吉左衛門が、心底を覗くような目で島蔵を見た。むろん、吉左衛門には別につなぎ料が入るはずである。

「六人で、千八百両……」

島蔵は渋い顔をした。殺し人や手引き人を大勢使えば、ひとり分はそれほどの金額にならないのだ。

「それに、店に泊まったことを考え、酒代や夕めし代として三百両くわえるそうだよ」

吉左衛門が言い添えた。

「都合二千と百両か」

島蔵は受ける気になった。

「どうする？」

吉左衛門が訊いた。

「受けよう」

島蔵が、大きな目をひからせて言った。

「ありがたい」

吉左衛門は、待ってくれ、と言って腰を上げた。

座敷の正面の床の間に置かれた手文庫を持ってくると、

「まだ、手付け金として三百両しか預かってないのだ。向こうも、これから店をまわって金を集めるらしいのだ」

そう言って、手文庫ごと島蔵の膝先に置いた。

島蔵が蓋をとると、切り餅がぎっしり詰まっていた。三百両あるらしい。島蔵は手文庫を手にして、ニンマリした。

6

一吉を出ると、通りは夜陰に染まっていた。それでもあちこちの店から灯が洩れて通りを照らしていたので、提灯はなくとも歩くことができた。人通りもすくなくなかった。柳橋の料理屋や料理茶屋などは、夜更まで賑わっている。

島蔵が柳橋の通りを歩きながら、

「安田の旦那、請けてくれますかい」

と、平兵衛に目をむけながら訊いた。

「請けるしかあるまい」

平兵衛にも、地獄屋の殺し人が足りないことは分かっていた。相手は六人である。平兵衛が断れば、孫八をくわえても殺し人は四人しかいない。右京、朴念、甚六、孫八である。戦力が足りないだろう。それに、平兵衛は右京に危ない橋を渡って欲しくなかったのだ。右京が命を落とすようなことになれば、まゆみがかわいそうである。

三人は、神田川にかかる柳橋を渡ったところで別れた。それぞれ、帰り道がちがうのである。島蔵は極楽屋まで帰るには遅いので、今夜は笹屋に泊めてもらうそうだ。

平兵衛は別れ際に、右京に身を寄せて、

「右京、相手の手の内が分かるまでは仕掛けるなよ」

と、小声で言った。

平兵衛は殺しにかかるとき、ことのほか慎重だった。斬れる、という自信がもてないうちは仕掛けないのだ。臆病とさえみえるその慎重さがあったからこそ、殺し人として長く生きてこられたのである。

「そうします」

右京は平兵衛と目を合わせてうなずいた。

一吉に出かけた翌日、平兵衛は長屋の仕事場で、刀を研いでいた。仕事場といっても、自分の住む長屋の部屋の一角を屏風を立ててくぎり、板敷きにしただけである。

平兵衛は伊予砥《いよと》を使って、刀身の錆《さび》を落としていた。伊予砥は、錆落としに使われる砥石である。

研ぎ桶から水をすくい、砥石に垂らしてから刀身を当てる。右手を刀身に添えて力を込めて押すと、赤茶けた錆が砥面にひろがり、汚れた衣装を剝ぐように刀身の地肌があらわれてくる。

平兵衛が研いでいるのは無銘刀だが、鈍刀ではないようだ。刀身の地肌に、澄んだ深みがあったのである。

本所、石原町《いしわらちょう》に住む御家人の吉崎政次郎《よしざきまさじろう》という男が、納屋に放置したままの刀だが、研いでみてくれ、と言って、置いていったものだ。

平兵衛のような無名の研ぎ師なら、研ぎ料もたいしたことはないだろうと踏んで依頼したらしい。

……この刀は、研いでしまいたい。

と、平兵衛は思った。殺しに取りかかると、しばらく研ぎの仕事から離れねばならないのだ。

それから小半刻（三十分）ほどしたとき、戸口に近寄ってくる足音が聞こえた。長屋の住人ではないらしい。

足音は腰高障子の前でとまり、安田の旦那、おりやすか、と声が聞こえた。手引き人の嘉吉である。

平兵衛は立ち上がり、

「入ってくれ」

と、声をかけた。

嘉吉の額に汗が浮いていた。日差しのなかを歩いてきたからであろう。

「どうしたな」

平兵衛が訊いた。

「大川で死骸《おろく》が、揚がりやしてね。片桐の旦那に、旦那を呼んでくるよう言われたんでさァ」

「死骸は、わしたちにかかわりのある者か」

そうでなければ、右京がわざわざ平兵衛を呼んだりしないだろう。

「へい、尽忠党のひとりらしいんでさァ」

嘉吉が言った。

「場所は?」

「佐賀町の桟橋で」

嘉吉によると、大川の桟橋の舫《もや》い杭にひっかかっていた死体を船頭が揚げたらしいという。

「待ってくれ」

そう言い置くと、平兵衛はすぐに屛風の陰にまわり、研いでいた刀を布で拭いてから白鞘に納めた。研ぎかけのまま置いておけなかったのだ。

平兵衛は仕事着である紺の筒袖に軽衫《かるさん》姿だった。念のために、腰に脇差を帯びた。

平兵衛と嘉吉が、井戸のそばまで行くと、水汲みに来ていた長屋のおしげが、

「安田の旦那、お出かけですか」

と、声をかけた。

おしげは、平兵衛の斜向かいに住む寡婦だった。五年ほど前、ぼてふりをしていた亭主の磯造《いそぞう》が病死し、いまは独り暮らしだった。近所の一膳めし屋に小女《こおんな》として働

きに出ていたが、それだけでは足りず、おまきという娘の嫁ぎ先から合力があるらしい。

ちかごろ、おしげは平兵衛の家に何かに事寄せては顔を出すようになった。独り暮らしが寂しかったのであろう。それに、まゆみが右京と所帯を持って長屋を出た後、独り暮らしを始めた平兵衛に親近感を持ったようだ。境遇が似ていたからである。むろん、平兵衛が殺し人という裏の顔を持っているなど、夢にも思っていない。

「そこまでな」

平兵衛は歩調をゆるめただけで立ちどまらなかった。嘉吉がいたので、おしげと話し込むわけにはいかなかったのである。

「夕めし前に、煮染《にしめ》をとどけるよ」

おしげが手桶を持ったまま言った。

「それはありがたい」

おしげは、惣菜やにぎりめしなど、余分に作ったからと言って、ときどき平兵衛にとどけてくれた。

平兵衛はありがたかったが、おしげは座り込むと話が長くなるので閉口することもあった。

平兵衛と嘉吉は、長屋の路地木戸から竪川《たてかわ》沿いの通りへ出た。

竪川沿いの通りを大川方面に歩きながら、

「右京は、どうして桟橋に死骸が揚がったのを知ったのだ」

と、平兵衛が訊いた。右京は神田岩本町の長屋に住んでいたので、深川佐賀町からは遠いのだ。

「片桐の旦那は、ちょうど極楽屋に来てやしてね。それで、知ったんでさァ」

嘉吉によると、佐賀町の大川端に石垣積みの人足に出ていた留助《とめすけ》が、極楽屋に知らせたという。留助は極楽屋に住んでいる無宿者だった。

「死骸が尽忠党とかかわりがある者だと、どうして分かったのだ」

さらに、平兵衛が訊いた。

「死骸の右腕がなかったんでさァ」

「なに」

平兵衛は、すぐに事情を察知した。それというのも、右京から君津屋に押し入ろうとした尽忠党のひとりの腕を斬り落としたと聞いていたからだ。

7

「旦那、あそこでさァ」

嘉吉が前方を指差した。

船宿らしい店の脇に桟橋があった。数艘の猪牙舟が舫《もや》ってある。その桟橋の上に男たちが集まっていた。近所の住人や通りすがりの野次馬らしい。その人垣のなかに、船頭ふうの男や岡っ引きらしい男の姿もあった。

「八丁堀の旦那もいやすぜ」

小走りになりながら嘉吉が言った。

人垣の陰になって見えなかったが、近付くと町方同心らしい男の姿が見えた。その同心の背後に、右京と朴念の姿もある。朴念は、町医者のような格好をしていた。巨漢の坊主頭が、異様である。

平兵衛と嘉吉は、船宿の脇の短い石段を下りて桟橋に出た。人垣を分けて、右京たちのそばに近付くと、

「安田さん、ここへ」

と言って、すこし脇をあけてくれた。右京は、人前では平兵衛のことを安田さんと呼んでいる。

「すまんな」

平兵衛は、右京の脇に身を寄せた。嘉吉も、野次馬を掻き分けるようにしてそばに来た。

「見てください」

右京が、小声で言って指差した。

八丁堀同心の足下に、死体が仰向けに横たわっていた。大柄な町人体の男である。右腕がない。着物がはだけ、腹や両足があらわになっていた。元結が切れ、ざんばら髪が首筋にからまっている。

「あの男か」

平兵衛が、右京に小声で訊いた。

「そのようです」

「川に嵌《は》まったわけではあるまい」

「肩口を見てください」

右京が平兵衛の耳元で言った。

「……！」

濡れた髪がからまっていて、よく見えなかったが、傷があった。それも、深い傷のようだ。鎖骨が截断されている。

……剛剣だ。

と、平兵衛はみてとった。

おそらく、腕の立つ武士が、斬ったのであろう。刀身を横一文字に払って首を刎ねる剣とはちがうようだ。

平兵衛たちは死体に目をやっていたが、しばらくしてその場を離れた。見ていても仕方がないし、野次馬たちのなかにいては、まともに話もできないのだ。

大川端の通りに出てから、

「尽忠党のひとりだな」

と、平兵衛があらためて右京に訊いた。

「はい、わたしが腕を斬った男です」

右京が言った。

平兵衛たちは大川の川上にむかってゆっくりと歩いた。四ツ（午前十時）ごろである。曇天のせいか、大川端は夕暮れ時のように薄暗かった。大川の流れが、川面に無数の波の起伏を刻みながら永代橋《えいたい》の彼方の江戸湊《みなと》までつづいていた。広漠とした川面に、猪牙舟や荷を積んだ艀《はしけ》などが行き交っている。

「まさか、甚六が始末したわけじゃァねえだろうな」

朴念が、低い声で言った。

「ちがうな。まだ、わしらは殺しにとりかかったばかりだ。甚六があの男の隠れ家をつかんだとも聞いてないし、甚六の遣う長脇差で、あれだけ深く斬り込むのはむずかしいはずだ」

平兵衛は、甚六ではないと思った。

「あの男を殺ったのは、だれなんだ」

朴念が虚空を見すえながら訊いた。

「尽忠党の仲間かもしれん」

右京がつぶやくような声で言った。

「仲間割れか」

「いや、口封じか、足手纏《まと》いになったので始末したかだろうな」

右京は、右腕を失った男が仲間と諍《いさか》いを起こしたとは思わなかった。それより、仲間たちは右腕を失った男が邪魔になって始末したとみるのが妥当であろう。

「わしも、口封じとみるな。……ただ、斬ったのは成田屋の丁稚を斬った者とはちがうかもしれんぞ」

平兵衛が口をはさんだ。

「尽忠党には武士が三人いる。別の者が斬ったとみた方がいいでしょうね」

と、右京。

「三人とも、手練《てだれ》のようだな」

平兵衛の顔がけわしかった。容易な敵ではない、と踏んだのである。

そんなやり取りをしながら、平兵衛たちを大川端を歩いていた。前方に、仙台堀にかかる上ノ橋が見えてきた。

そのとき、平兵衛たちの一町（約百九メートル）ほど後ろを町人体の男が歩いていた。小柄な男だった。手ぬぐいで頬っかむりしている。

寅五郎である。寅五郎は、平兵衛たちが桟橋に横たわっている死体を見つめていたときから、集まっていた人垣にまぎれて平兵衛たちに目をむけていたのだ。

寅五郎は極楽屋に探りを入れ、君津屋に雇われて尽忠党を追い返したのは、片桐右京という武士と甚六という渡世人ふうの男であることをつかんだ。ただ、右京と甚六の住処《すみか》までは分からなかった。

寅五郎は、仲間が始末した又蔵の死体が大川の桟橋で揚がったと耳にしたとき、

……片桐が姿を見せるかもしれねえ。

と思い、死体の揚がった桟橋の野次馬のなかに身をひそめていたのだ。

そして、話に聞いていた片桐らしき武士が桟橋にあらわれたので、跡を尾け始めたのである。

寅五郎は、右京といっしょに歩いている平兵衛や朴念も、極楽屋に出入りしている仲間だとみたが、今日のところは右京の住処をつきとめようと思った。

上ノ橋のたもとまで来ると、右京たち四人は二手に分かれた。朴念と嘉吉は仙台堀沿いの道を吉永町の方へむかい、右京と平兵衛はそのまま大川端を川上にむかって歩いた。

寅五郎は右京たちを尾けた。

右京と平兵衛は尾行者に気付かなかった。ふたりで話しながら歩いていく。

右京たちは、竪川にかかる一ツ目橋を渡ったところで分かれた。平兵衛は相生町の長屋にむかい、右京は両国《りょうごく》橋を渡って神田岩本町へ帰るのだ。

寅五郎は迷うことなく右京の跡を尾けた。

第三章　必殺剣

1

「それで、何か知れたのか」

　平兵衛が、嘉吉に訊いた。

　極楽屋の店の奥にある座敷だった。そこに、平兵衛、右京、嘉吉、孫八、それに島蔵が集まっていた。

　この日、平兵衛は尽忠党を探っている手引き人から話を聞くつもりで、吉永町まで足を運んできたのだ。そこへ、右京と孫八が顔を出し、極楽屋にいた嘉吉と島蔵もくわわってこれまで探ったことを知らせ合うことにしたのである。

「片桐の旦那が、腕を斬った男の名が知れやしたぜ。又蔵という男で、三年ほど前まで黒江《くろえ》町の賭場《とば》に顔を出していた博奕《ばくち》打ちのようでさァ」

　嘉吉によると、顔見知りの地まわりや遊び人などをまわって桟橋に揚がった死体の

主について訊いたという。すると、黒江町の房造《ふさぞう》という地まわりが、

「図体のでけえ又蔵という博奕打ちがいたが、そいつじゃァねえかな」

と、口にした。

黒江町の賭場は、源造《げんぞう》という男が貸元だった。さっそく、嘉吉は源造の賭場へ出かけ、常連客らしい船頭をつかまえて話を聞くと、

「桟橋で揚がったのは又蔵だ。かわいそうに、いかさまがばれて、賭場の者に殺されたんじゃァねえのかな」

船頭は顔をしかめて言った。船頭の話では、自分も桟橋にいて死骸の顔を拝んだので、又蔵にまちがいないという。

嘉吉の話を聞いていた島蔵が、

「又蔵は、博奕打ちだったのか」

と、口をはさんだ。

「それが、ちかごろは何をしてたか分からねえんでさァ。房造も船頭も、又蔵が賭場へ顔を出したのは三年ほど前までで、その後はどこで何をやっていたのか、分からねえと言ってやした」

「その後は、盗人をやってたのかもしれねえ」

島蔵が言った。

「元締め、尽忠党が大店に押し入るようになったのは、半年ほど前からですぜ」

嘉吉が言った。

「尽忠党があらわれる前まで、又蔵は別のふたりの仲間と組んで盗人働きをしてたんじゃァねえのかな。どこで、三人の侍とくっついたか分からねえが、半年ほど前に六人で尽忠党を組み、大店を荒らしまわるようになったとみれば、筋が通るぜ」

島蔵がつぶやくような声で言った。推測なので、あまり自信はないのだろう。

「ともかく、又蔵を洗えば、何か出てくるだろうよ」

そう言うと、島蔵は孫八に顔をむけ、

「孫八は、どうだ。何かつかめたかい」

と、訊いた。

孫八も、手引き人として尽忠党のことを探っていたのだ。

「あっしは、賭場と岡場所を洗ってみやした」

孫八は、大金をつかんだ尽忠党のなかに博奕や女に金を使う者がいるとみて探ってみたという。それというのも、盗人が大金を手にすると、まず酒と女と博奕に金を使うのが相場だからである。

「それで、何か出てきたかい」

「まだ、何も出てこねえんで……」

孫八は、岡場所で知られた浅草寺《せんそう》と深川の富《とみ》ケ岡《おか》八幡宮界隈《かいわい》をまわって聞き込んだが、尽忠党につながるような話は聞けなかったという。

「明日から、吉原《よしわら》にも足を延ばしてみるつもりでさァ」

孫八はそう言って肩を落とした。

「そう簡単に尻尾はつかめねえ。町方だって、躍起になって追ってるはずだが、まだ、ひとりもお縄にしてねえんだからな」

島蔵がなぐさめるように言った。

それから、半刻（一時間）ほどすると、座敷が薄暗くなってきた。陽が沈んだのかもしれない。

島蔵が腰を上げ、

「火を点《つ》けやしょう」

と言って、座敷の隅にあった燭台に歩を寄せた。

「元締め、今夜は帰らせてもらうよ」

右京が立ち上がった。

あまり遅くならずに、今日は帰りたかった。このところ出歩くことが多く、まゆみに寂しい思いをさせていたのだ。

「わしも帰ろう」

平兵衛も立ち上がった。

島蔵はとめなかった。あらかた話は済んでいたからである。

極楽屋から出ると、西の空が夕焼けに染まっていた。血を流したような妙に赤い空である。風がなく、大気のなかにはもやっとした暖かさがあった。

平兵衛と右京は極楽屋の前のちいさな橋を渡り、仙台堀沿いの通りに出た。淡い夕闇のなかに、ぽつぽつと人影があった。仕事帰りの出職の職人や大工、それに木場が多いこともあって船頭や川並《かわなみ》の姿も目についた。

平兵衛と右京が、要橋のたもとを過ぎて半町ほど歩いたとき、木場へつづく小径から三人の男が通りへ出てきた。寅五郎とふたりの武士だった。ひとりは中背だった。名は村瀬《むらせ》である。もうひとりは総髪の牢人体の男だった。

「若いのが、片桐か」

村瀬が訊いた。

「へい、もうひとりの年寄りも、片桐の仲間のようですぜ」

寅五郎が言った。

寅五郎から話を聞き、三人の男は極楽屋の見える物陰に身を隠して右京が姿をあらわすのを待っていたのである。

「あの年寄り、なかなかの遣い手とみたぞ」

牢人が言った。

すこし背のまがった平兵衛の姿はいかにも頼りなげに見えたが、牢人は平兵衛の腰が据わり、歩く姿に隙がないのを見てとったのである。

「小坂《こさか》、ふたりとも始末するか」

村瀬が牢人に訊いた。

牢人の名は、小坂半兵衛《はんべえ》であった。

「おれが、片桐を斬る。村瀬はあの年寄りを斬ってくれ」

小坂が低い声で言った。

「承知した」

「年寄りとみて、侮《あなど》るなよ。あやつ、遣い手だぞ」

「油断はすまい」

三人は、足を速めた。

掘割にかかる吉岡橋《よしおか》を渡ったとき、

「村瀬の旦那、ここらで先まわりしたらどうです」

寅五郎が、右手の路地を指差して言った。

「よし、挟み撃ちにしよう。小坂、おれと寅五郎で片桐たちの前に出る」

「分かった」

小坂がうなずいた。

すぐに、寅五郎と村瀬は右手の路地へ飛び込んで走りだした。路地をたどって、右京たちの前へ出るつもりなのだ。

2

「右京、後ろからくる男を見てみろ」

平兵衛が右京に身を寄せて小声で言った。

半町ほど後ろに、総髪の牢人体の男が迫っていた。牢人は小坂である。むろん、平兵衛は小坂の名を知らなかった。

平兵衛は、何気なく背後に目をやり、小坂の姿を目にとめて、

……あやつ、ただ者ではない。

と、みてとったのである。

小坂は、両手をだらりと下げたまま歩いていた。納戸《なんど》色の小袖に同色の袴姿で、黒鞘の大小を帯びていた。痩身だが、腰は据わっていた。歩く姿にも隙がない。

「あの男、尽忠党のひとりかもしれません」

右京は、君津屋のくぐり戸の隙間から覗いたとき、似たような体付きの武士がいたような気がした。ただ、そのときは暗がりで、後ろ姿を見ただけなので、はっきりしたことは分からなかった。

「あやつ、わしらを狙っているようだぞ」

平兵衛は、小坂の身辺に殺気があるのを察知した。しかも、小坂はすこしずつ間をつめてくるのだ。

「ひとりで、襲う気なのか」

右京は、いかに腕に覚えがあっても無謀だと思った。

「いや、ひとりではない。橋のたもとを見ろ」

前方に、仙台堀にかかる亀久橋《かめひさ》が見えた。そのたもと近くの路傍《ろぼう》に、ふたりの男が

立っていた。ひとりは二刀を帯びた武士、もうひとりは町人体だった。村瀬と寅五郎である。

「挟み撃ちか！」

右京が言った。

「そのようだな」

前方のふたりは、平兵衛たちの姿に気付いたらしく、こちらに向かって歩きだした。

「右京、これを見ろ」

平兵衛は右京に左手をひらいて見せた。

激しく震えている。平兵衛は、真剣勝負を意識し、相手が強敵と見ると体が顫《ふる》え出すのだ。真剣勝負の恐怖と気の昂《たかぶ》りである。

「逃げますか」

右京が訊いた。

「間に合わぬ。それに、わしの手が震えるのはいつものことだ」

「あやつら、尽忠党とみました。斬りましょう」

真剣勝負を前にし、平兵衛の体が顫え出すのは、右京も知っていた。平兵衛の場合、いざ切っ先を敵と合わせれば、顫えはとまるのである。

「よし、右京、前からくる男たちを頼む。わしは、後ろの男の相手をする」

平兵衛は、小坂の身辺にただよっている異様な雰囲気をみてとったのだ。多くの人を斬ってきた者が身に纏《まと》っている酷薄で陰湿な雰囲気である。長年、殺し人として修羅場をくぐってきた平兵衛だからこそ分かる剣鬼の翳《かげ》である。

「承知」

すぐに、右京が言った。右京の相手は、武士と町人である。

前方のふたりが、ばらばらと駆け寄ってきた。背後の小坂も小走りに近寄ってくる。

右京と平兵衛は足をとめた。

平兵衛はきびすを返して、小坂に体をむけた。

小坂が四間（約七・二メートル）ほどの間合をとって、足をとめた。両腕を脇に垂らしたままゆらりと立っている。表情のない顔をしていたが、平兵衛にむけられた細い目が切っ先のようにひかっている。

……こやつ、手練だ！

と、平兵衛はあらためて思った。

小坂はゆったりと立っていたが、全身に気勢がみなぎっていた。身辺から痺《しび》れるような剣気をはなっている。

「名は？」

平兵衛が誰何《すいか》した。

「おれは名無しだが……」

小坂が、おぬしは、と低い声で訊いた。

「わしか。地獄の鬼だよ」

言いざま、平兵衛は刀を抜いた。

平兵衛は殺しのおり、愛刀の来国光《らいくにみつ》一尺九寸（約五十八センチメートル）を遣うのだが、今日は二尺二寸（約六十六センチメートル）の無銘の刀である。

「腰のまがった鬼か」

小坂の口許に薄笑いが浮いたが、すぐに笑いを消して抜刀した。

「いくぞ」

平兵衛は、逆八相《ぎゃくはっそう》に構えた。刀身を左肩に担ぐように寝かせている。

こやつとは、虎の爪で闘うしかない、と平兵衛は踏んだのだ。

小坂の顔に怪訝《けげん》な表情が浮いたが、すぐに表情を消した。おそらく、平兵衛の逆八相の構えをみて、妙な構えだと思ったのだろう。

小坂はゆっくりとした動きで、脇構えにとった。切っ先を後ろにむけ、右手の甲を腰につけている。後ろにむけられた刀身はほぼ水平である。

……横に払う剣か。

平兵衛がそう思ったとき、首を刎ねられて死んでいたという成田屋の丁稚のことが脳裏をよぎった。

……下手人はこやつかもしれん。

と、平兵衛は察知した。となれば、脇構えから首を狙って、刀を横に払ってくるはずである。

このとき、右京は村瀬と対峙《たいじ》していた。ふたりの間合は、およそ三間半（約六・三メートル）。構えはふたりとも青眼《せいがん》である。

寅五郎は右京の左手にまわり込んでいた。匕首《あいくち》を手にし、すこし前屈みの格好で身構えている。血走った目が、獲物に飛びかかろうとしている野犬のようだった。

右京は、切っ先を敵の目線につけていた。村瀬は右京の喉元である。ふたりとも腰の据わった隙のない構えだった。

……なかなかの遣い手だ。

と、右京はみてとった。

だが、すこしも臆《おく》さなかった。村瀬の両腕に力が入り、肩に凝《こ》りがあった。肩の凝りは、一瞬の太刀捌《さば》きを遅らせる。村瀬は真剣勝負の経験がすくなく、気が昂っているにちがいない。

「おぬし、名は」

右京が誰何した。

「名乗るわけにはいかぬ」

村瀬が言った。

「その男は仲間か」

右京は、寅五郎に目をやって訊いた。

「知るかい！　てめえの命は、おれたちがもらったぜ」

寅五郎が目をつり上げて言った。

「くるがいい」

右京は、剣尖をわずかに下げた。村瀬の斬撃を誘ったのである。

その誘いに反応するように、村瀬が足裏を摺《す》るようにして間合をせばめ始めた。

ジリッ、ジリッ、と小坂が趾《あしゆび》を這《は》わせるようにして間合をつめてきた。身構えはゆったりとしていたが、巨岩が迫ってくるような威圧がある。

3

……先《せん》をとろう。

と、平兵衛は思った。まだ、小坂の遣う、刀身を横に払う剣がどのような技なのかみえていなかった。いずれにしろ、尋常な技ではないだろう。

平兵衛は必殺剣の虎の爪を先に仕掛けて、勝負を決するつもりだった。

小坂が脇構えにとったまま身を寄せてくる。

平兵衛は動かなかった。気を鎮めて、虎の爪をはなつ間合を読んでいる。

小坂の左足が、三間（約五・四メートル）ほどに迫ったとき、

……いまだ！

と、平兵衛は感知した。

刹那《せつな》、平兵衛の全身に斬撃の気がはしり、小柄な体が膨《ふく》れ上がったように見えた。

イヤアッ！

平兵衛は逆八相に構えたまま鋭く間をつめた。虎の爪の俊敏な寄り身である。

一瞬、小坂の顔に驚いたような表情が浮いたが、すぐに消えた。平兵衛が遠間から仕掛けたからだ。

平兵衛が一気に斬撃の間境に迫り、逆八相から真っ向へ斬りこもうとした瞬間だった。

タアッ！

という鋭い気合とともに、小坂の体が躍り、刀身がきらめいた。小坂が脇構えから刀身を横に払ったのだ。

と、銀色の細い筋が、平兵衛の眼前を横一文字にはしった。一瞬、平兵衛の目に、刀身のはなつ銀光が細い筋雲のように映じた。小坂の横に払った一撃は首筋ではなく、平兵衛の眼前をはしったのだ。

一瞬、平兵衛の真っ向へ斬り込む虎の爪の斬撃が遅れた。小坂の横に払った刀身が眼前をはしり、目を奪われたのだ。

間髪《かんはつ》をいれず、小坂が横に払った刀身をかえしざま真っ向へ。

すかさず、平兵衛も虎の爪の斬撃を袈裟へ。

真っ向と袈裟。

二筋の閃光が眼前で合致し、青火が散り、甲高い金属音がひびいて、ふたりの刀身がはじきあった。

次の瞬間、ふたりは大きく背後に跳び、間合を大きくとって脇構えと逆八相の構えをとった。

ふたりの顔に、驚きの色が浮いた。それぞれが、敵の遣う剣に驚愕《きょうがく》したのである。

「うぬの剣は?」

小坂が訊いた。

「虎の爪。……おぬしの剣は?」

平兵衛も訊いた。

「横雲……」

小坂がくぐもった声で言った。

平兵衛は、すぐに小坂が遣った剣が、なぜ横雲と呼ばれるのか分かった。横に払った斬撃の刀身が眼前で銀色にひかり、一筋の細い雲のように目に映るからであろう。

……横雲の神髄は、二の太刀にあるようだ。

平兵衛は、小坂が横一文字に払った初太刀は捨て太刀であることをみてとった。切っ先のとどかない遠間から、敵の眼前を横に払うことで、一瞬、敵の目を奪い、動きをとめるのだ。その一瞬の隙をついて、二の太刀を真っ向へふるう。その二の太刀で、敵を斃《たお》すのである。

成田屋の丁稚が、横一文字にふるった太刀で首を刎ねられていたのは、横雲の初太刀で斬られたのである。小坂は、横に払う初太刀で丁稚を始末し、二の太刀をふるうまでもなかったのだ。

「次は、横雲で仕留める」

小坂が低い声で言って、ふたたび間合をせばめ始めた。全身に気勢をみなぎらせ、平兵衛を見つめた双眸が、射るようなひかりを帯びている。

平兵衛は逆八相に構えたまま動かなかった。

小坂は脇構えにとり、ジリジリと間合をせばめてくる。

……こやつに、後れをとるかもしれぬ。

そう思ったとき、平兵衛は身体を恐怖がつらぬき胴震いした。

そのとき、右京は村瀬と一合していた。構えは青眼でなく八相だった。対する村瀬は青眼のままである。

村瀬の着物の左肩先が裂けていた。右京の切っ先をあびたようだ。かすかに血の色もあったが、皮肉を薄く裂かれただけの浅手らしい。

一方、右京は無傷である。表情も変わらず、かすかに白皙《はくせき》に朱を帯びているだけである。

寅五郎は、右京の左手で身構えていた。まだ、一度も踏み込んで、匕首をふるっていなかった。右京が、飛び込む隙をみせなかったのである。

「おのれ!」

村瀬の顔は憤怒で赭黒く染まっていた。青眼に構えた切っ先がかすかに震えている。右京の斬撃を肩先にあびたことで、真剣勝負の恐怖と興奮が高まったのであろう。

……この男に、後れをとるようなことはない。

と、右京は踏んだ。

「まいる!」

右京は、足裏を摺るようにして間合をせばめ始めた。

村瀬は後退った。右京の威圧に押されたのである。

さらに、右京が踏み込んだ。村瀬は後退る。右京との間合はおよそ三間半。ふたりの間合はせばまらなかった。

「ちくしょう！」

寅五郎が吼《ほ》えるような声を上げ、一歩踏み込み、手にした匕首を突き出そうとした。

瞬間、右京の体が左手をむき、八相に構えた刀身がわずかに沈んだ。右京が、寅五郎に斬り込む気配を見せたのである。

ワッ、と悲鳴のような声を上げて寅五郎が後ろへ跳んだ。右京の斬撃から逃れようとしたのだ。寅五郎がよろめいた。無理な体勢で後ろへ跳んだため腰が砕けたのである。

右京は寅五郎を追いつめて刀をふるわなかった。村瀬に斬撃の隙をあたえるからである。

村瀬は右京の動きをみて、すばやい動きでさらに後退った。そして、間合があくと、

「小坂、引け！」

と、叫んだ。敵《かな》わぬとみて、逃げるつもりらしい。

村瀬は反転すると、走りだした。

すると、寅五郎も、

ていたのである。

「小坂の旦那、逃げてくれ！」

と、叫びざま走りだした。

右京は逃げる小坂たちを追わず、平兵衛に目を転じた。ふたりの闘いが、気になっていたのである。

村瀬と寅五郎の声を聞いた小坂は、すばやい動きで後退ると、

「勝負、あずけた」

と言い置き、反転して駆けだした。

平兵衛は、その場に立ったまま逃げる小坂の背を見送った。小坂の逃げ足は思ったより速かった。平兵衛は追っても追いつかなかったし、このまま闘っても勝てる自信がなかったのである。

「あやつら、尽忠党とみました」

右京が平兵衛に身を寄せて言った。

「まちがいない。わしの相手が、成田屋の丁稚の首を刎ねた男のようだ」

平兵衛は歩き出しながら小坂の太刀捌きを話し、

「横雲と称する剣のようだ」

と、言い添えた。

「横雲ですか」

右京が、平兵衛と肩を並べて歩きながらつぶやいた。

「まさに、一筋の雲のごとく見え、すぐに、二の太刀がくる」

「横雲の神髄は、真っ向への二の太刀にあるのですね」

「おそろしい剣だ。わしが虎の爪を遣わなかったら、いまごろ頭を割られていたろうな」

一瞬、小坂は平兵衛の遣う虎の爪の果敢な寄り身に戸惑ったのだ。それで、真っ向への二の太刀が、わずかに遅れたにちがいない。

「義父上の虎の爪でも斃《たお》せなかったのですか」

右京が驚いたような顔をした。右京は、平兵衛の遣う虎の爪がいかにおそろしい剣か知っていたのである。

「横雲なる剣、容易にかわせぬぞ」

平兵衛は、いまのままでは虎の爪でも横雲は破れないのではないかとみていた。

「あの男、小坂という名のようでしたが」

右京は、村瀬と寅五郎が叫んだ名を聞いていたのだ。

「そのようだな」

「義父上、小坂という名に覚えはありませんか」

「ないが……。あれだけの手練だ。剣術道場をまわれば、知っている者がいるかもしれんな」

小坂という名、横雲という剣名、体軀と風貌、そうしたことが分かっていた。平兵衛は、何とかつきとめられるのではないかと思った。

4

「小坂という名だが、知っているか」

平兵衛が訊いた。

極楽屋の奥の座敷である。平兵衛、右京、甚六、朴念、島蔵の五人の殺し人が集まっていた。嘉吉だけは極楽屋にいたが、他の手引き人たちは探りに出ていた。

「分からねえなァ」

島蔵が首をひねった。甚六と朴念も知らないらしく、黙っている。

「わたしが、知り合いの道場をまわって訊いてみますよ。あれだけの遣い手なら、知っている者がいるはずです」

右京が言った。

「そうしてくれ」

「安田の旦那たちを襲ったのは、小坂だけじゃァねえんでしょう」

甚六が訊いた。

「ほかにふたりいたが、名は分からん」

平兵衛は、武士と町人の体軀や風貌を話した。

「三人は尽忠党か」

朴念が胴間声《どうまごえ》で訊いた。顔が赤かった。酒を飲んだせいで、丸い坊主頭が茹《ゆ》で蛸《だこ》のようになっている。

「そうみていいな」

「一味六人のうち、又蔵は死んでいる。残るのは武士の三人と、町人がふたりということになるな」

島蔵が男たちに視線をまわして言った。

「ひとりでも塒《ねぐら》が分かりゃァ、つかまえて、口を割らせる手もあるんだが……」

朴念がそう言ったときだった。

戸口の近くで慌ただしい複数の足音がひびき、苦しそうな呻き声と、「てえへんだ！」、「佐吉《さきち》がやられたぞ！」、などという男のうわずった声が聞こえた。

「おい、何かあったらしいぞ」

島蔵が立ち上がり、すぐに座敷から出た。

平兵衛たち四人も、島蔵の後につづいた。戸口近くに、七、八人の男が集まっていた。いずれも、極楽屋を塒にしている男たちである。

「親爺さん、佐吉が！」

戸口に立っていた竹助《たけすけ》という日傭取りが、こわばった顔で言った。島蔵は極楽屋の
男たちに、親爺さんとか親分とか呼ばれていた。

「そこをあけろ」

島蔵が怒鳴ると、四人の男が左右に分かれて戸口をあけた。

腰切半纏に褌《ふんどし》姿の男が、戸口の前にうずくまっていた。体中血だらけで、唸《うな》り声
を上げている。

「佐吉、どうした」

島蔵が佐吉の脇にかがんで訊いた。

「お、親分、やられた……」

佐吉は苦しそうに顔をゆがめて言った。顔も血だらけだった。額や頬が蚯蚓《みみず》腫《ば》れに

なっている。棒や竹のような物で打擲《ちょうちゃく》されたのかもしれない。無残な顔だが、命に別条はないようだ。

「だれにやられたんだ」

島蔵が訊いた。

「わ、わからねえ。……侍がひとりと、町人がふたりいやした」

佐吉によると、山本《やまもと》町の貯木場で丸太運びの仕事を終え、掘割にかかる吉岡橋のたもと近くまで来たとき、樹陰にいた三人がいきなり飛び出してきて取りかこんだという。そして、通り沿いの笹藪の陰に引き摺り込まれたそうだ。

「背の高《たけ》え侍が刀を突き付けて、あっしに極楽屋に帰るのかと訊きやした。あっしが、そうだと答えやすと、安田の旦那たちのことをいろいろ訊いたんでさァ」

佐吉が苦しそうに顔をしかめて話したことによると、いっしょにいた小柄な町人が、平兵衛、右京、朴念、甚六の格好や体軀などを侍に耳打ちし、それを元にして訊いたという。

小柄な町人は、寅五郎だった。長身の侍も尽忠党のひとりである。

寅五郎は、佐賀町の桟橋から平兵衛たち四人の跡を尾けたとき、彼らのことを知ったのである。

むろん、佐吉は寅五郎のことも長身の武士のことも知らない。

「それで、旦那たちのことを話したのかい」

島蔵が訊いた。

「へえ、てえしたことじゃァねえと思ったもんで……」

侍は、四人の名や住処などを訊いたという。

「佐吉、おめえ、みんなしゃべっちまったのか」

島蔵の顔がゆがんだ。困惑と怒りがいっしょになったような顔である。

「全部はしゃべらねえ。……名前だけでさァ。それに、片桐の旦那の住処は訊かなかったし、あっしは、安田の旦那が相生町に住んでることしか知らねえから、しゃべりたくたってしゃべれねえや」

佐吉が首をすくめながら言った。

「うむ……」

島蔵が苦々しい顔をして黙り込んだ。

それでも、島蔵はすぐに表情を消し、まわりにいた男たちに、

「ここで、佐吉の面《つら》を眺めてたってどうにもならねえ。おい、佐吉を店の奥の座敷に運んでやれ」

と、指図した。

男たちが佐吉を店のなかに運び込んだ後、島蔵が戸口に残っていた平兵衛たちに、

「尽忠党のようですぜ」

と、低い声で言った。

「痛め付けて、口を割らせたようだな」

平兵衛が言った。

「尽忠党は、おれたち殺し人の名を知ったわけかい」

朴念が、坊主頭を掌《てのひら》で撫《な》でながら渋い顔をした。

「わしらの住処も探ったようだ。……尽忠党は、わしらの命を狙っているらしいな」

「どうしやす」

甚六が訊いた。

「わしらが、先に尽忠党を始末するしかないな。仕方のないことだ。殺しを引き受けたときから斃すか斃されるか、それが殺し人の定めだ」

平兵衛がつぶやくように言った。

「ともかく、佐吉の手当をしてやろう」

そう言って、島蔵は店にもどった。

平兵衛たち四人も店に入ったが、奥の座敷には入らず、飯台のまわりに置いてある腰掛け代わりの空き樽《だる》に腰を落とした。朴念と甚六は酒を飲むと言ったが、平兵衛は茶でも飲んで帰ろうと思った。

「右京」

平兵衛が声をかけた。

「佐吉を拷問した者たちは、右京の住処だけ訊かなかったそうだ。……すでに、右京の住処を知っているからではないかな」

「そうかもしれません」

「油断するなよ」

「はい……」

右京の顔が、ひきしまった。

5

孫八は、浅草寺の脇の馬道《うまみち》をたどって日本堤《にほんづつみ》へ出た。日本堤は吉原の大門につづく道である。

七ツ（午後四時）ごろだった。日本堤の通りを西日が照らしている。

日本堤は吉原に向かう客で賑わっていた。商家の旦那ふうの男、頭巾で顔を隠した武士、駕籠《かご》、客を案内する若い衆《し》、それに鴨《かも》になりそうな客を探してふらついている地まわりらしい男の姿もあった。

通り沿いには、葦簀《よしず》張りの水茶屋や屋台などが並び、菓子、団子、飴《あめ》、栗《くり》などを売っている。

……この辺りにいるはずだがな。

孫八は通りに目をやったり、水茶屋のなかを覗いたりしながら歩いていた。伊勢吉《いせきち》という地まわりを探していたのである。

伊勢吉は、しばらく極楽屋に住んでいたことがあり、孫八とは顔馴染《なじ》みだった。孫八は伊勢吉のいまの塒は知らなかったが、吉原で顔をきかせている地まわりのひとりだと聞いていた。

孫八は、尽忠党のだれかが吉原に出入りしていれば、伊勢吉が知っているのではないかと踏んだのだ。

しばらく歩くと、前方に見返り柳が見えてきた。柳は吉原の入り口の大門につづく衣紋《えもん》坂の下り口に立っている。この柳は、吉原からの帰りの客がこの辺りまで来ると、名残を惜しみ、振り返って見ることから名付けられたとか。

……だれかに、訊いてみるか。

孫八は足をとめた。このまま歩いたら、大門まで行ってしまう。

通りの先に目をやると、葦簀張りの店の脇に地まわりらしい男が立っていた。弁慶《べんけい》格子《ごうし》の単衣《ひとえ》を着流し、下駄履《ば》きで手ぬぐいを肩にひっかけていた。二十代半ばの赤ら顔の男である。

孫八は男に近付いた。

「とっつァん、おれに何か用かい」

男の顔に警戒の色が浮いた。孫八を町方同心の手先とでも思ったのかもしれない。この辺りにたむろしている地まわりは、臑《すね》に疵《きず》を持つ男が多いのである。

「おれは、御用聞きじゃァねえから安心しな」

そう言って、孫八は男に身を寄せると、巾着《きんちゃく》を取り出し、一朱銀をつまみ出して男の手に握らせてやった。

「すまねえなァ」

男は、途端に相好をくずした。

「探してるやつがいてな。ここらで、遊んでいる男だ」

孫八が切り出した。

「名が分かるかい」

「伊勢吉だ」

「とっつァんは、伊勢吉の兄《あに》いと知り合いかい。伊勢吉の兄いなら、見返り柳の近くにいるはずだぜ。いっとき前《めえ》に、見かけたからな」

男が言った。

「ところで、おめえ、又蔵ってえ男を知ってるかい」

孫八は念のために訊いてみた。せっかく、一朱も袖の下を使ったのである。

「知らねえなァ」

男は首をひねった。

「そうかい。……邪魔したな」

そう言い残し、孫八は見返り柳の方へむかった。

見返り柳の手前に焼団子を売る床店が出ていた。その脇に、色の浅黒い剽悍《ひょうかん》そうな男が立っていた。伊勢吉である。

孫八が近付くと、伊勢吉の方から、

「孫八、久し振りだな」

と、声をかけてきた。

「ちょいと、訊きてえことがあってな」

孫八は、また懐から巾着を取り出し、とっといてくれ、と言って、伊勢吉に一朱銀をにぎらせた。

「地獄屋の仕事かい」

伊勢吉が小声で訊いた。伊勢吉は孫八が殺しの仕事にかかわっていることを知っていたのだ。

「まァ、そうだ。おめえ、又蔵という男を知ってるかい」

孫八は、すぐに又蔵のことを口にした。伊勢吉には、余分な話をしなくていいのである。

「又蔵なァ……」

伊勢吉は、小首をかしげている。

「図体のでけえやつで、佐賀町の桟橋で死骸《おろく》で揚がった男だ」

「あいつか。知ってるぜ」

伊勢吉が声を大きくした。

「やつの塒を知ってるかい」

塒が分かれば、近所で聞き込んだ仲間のことが分かるかもしれない。

「塒は知らねえ」

「そうか。……又蔵だが、吉原にも来たことがあるかい」

孫八が訊いた。

「ある。やつが、死骸で揚がる前だが、何度か来たようだぜ。だいぶ、金を使ったと聞いてるな」

尽忠党が奪った金の分け前を使ったにちげえねえ、と孫八は思った。

「又蔵はひとりでここに来たのか」

「いや、寅五郎といっしょのときが多かったようだ」

伊勢吉が寅五郎の名を口にした。

「寅五郎だが、どんなやつだい」

孫八が訊いた。寅五郎は尽忠党の仲間のひとりかもしれない。

「丸顔で、小柄だ。すばしっこそうなやつだったな」

伊勢吉が、又蔵と寅五郎がいっしょに歩いているのを見たことがあると言い添えた。

……そいつだ！

と、孫八は思った。右京や平兵衛から、尽忠党の五人のなかに小柄で丸顔の男がいると聞いていたのだ。

「寅五郎の塒は分かるか」

「分からねえ。おれは、顔を見ただけで、話したこともねえからな」

「何とか、塒が分からねえかなァ……」

孫八は、寅五郎の塒が知れれば、尾行して他の仲間の塒もつかめるかもしれないと思った。

「寅五郎だが、吉原にはまだ来るかな」

孫八が声をあらためて訊いた。

「気に入った新造がいるらしいから、来るんじゃァねえかな」

そう言って、伊勢吉が口許に薄笑いを浮かべた。卑猥《ひわい》なことでも、思い浮かべたのかもしれない。

「伊勢吉、金になる仕事があるんだがな」

孫八は、伊勢吉を使おうと思った。

「なんだい」

伊勢吉が身を乗り出した。金になる、と聞いたからだろう。

「寅五郎がここに姿を見せたら、跡を尾けて行き先をつきとめてくれねえか」

伊勢吉は吉原で一日中ぶらぶらしているのだから、うってつけの仕事である。

「地獄屋の手伝いかい」

「まァ、そうだ。行き先をつきとめてくれたら、三両出すぜ」

孫八は、島蔵に事情を話して出してもらおうと思った。三両なら、なんとかなるはずである。

「さ、三両だと！」

伊勢吉が驚いたような顔をした。伊勢吉にとって、三両は大金だったのである。

「どうだい、やるかい」

「や、やる」

伊勢吉が、勢い込んで言った。

「よし、前金で一両渡しておくぜ。後の二両は、寅五郎の行き先をつかんでからだ」

孫八は、ふたたび巾着を取り出し、伊勢吉に一両握らせた。

「ありがてえ！」

「伊勢吉、油断するんじゃァねえぜ。寅五郎を尾けてるのがばれたら、又蔵の二の舞いになるかもしれねえぞ」

「わ、分かった」

伊勢吉が顔をこわばらせて言った。

6

「父上がいっしょなら安心です」

そう言って、まゆみは右京と平兵衛を戸口まで見送った。

神田岩本町の長兵衛店だった。この日、平兵衛は長屋に顔を出し、久し振りに、永山堂にでも行かないか、と言って右京を誘ったのである。むろん、永山堂は口実だった。

極楽屋で、平兵衛が殺し人たちと話したとき、右京が、小坂をつきとめるために剣術道場にあたってみる、と言ったので、同行する気になったのだ。それというのも、平兵衛は右京ひとりで歩きまわるのはあぶない、とみたからだ。尽忠党は、右京の住処をつかんでいるらしいのである。

「いいですよ」

右京はすぐに承知した。むろん、右京も永山堂は口実であると分かっていた。平兵衛はまゆみを安心させるためにそう言ったのである。

平兵衛と右京は、岩本町の町筋をたどって神田川沿いにつづく柳原《やなぎわら》通りに出た。

「右京、何か当てがあるのか」

平兵衛が訊いた。

「近いところでは、松永《まつなが》町の伊庭《いば》道場がありますが」

心形刀流《しんぎょうとう》の伊庭軍兵衛《ぐんべえ》の道場である。神田川にかかる和泉《いずみ》橋を渡った先にある。

「いや、伊庭道場のような大道場ではかえって訊きづらいだろう」

伊庭道場は、千葉周作《ちばしゅうさく》がひらいた北辰一刀《ほくしんいっとう》流の玄武《げんぶ》館、神道無念《しんとうむねん》流、斎藤弥九郎《さいとうやくろう》の練兵館《れんぺいかん》、鏡新明智流、桃井春蔵《もものいしゅんぞう》の士学《しがく》館などと並び、江戸の四大道場と謳《うた》われ、多くの門人を集めていた。

「それなら、すこし足を延ばして本郷《ほんごう》の青木《あおき》道場まで行ってみますか」

右京が言った。

「わしは、知らぬが」

平兵衛は、青木道場を知らなかった。

「鏡新明智流の道場でしてね。……道場主の青木允房《よしふさ》どのは、わたしが士学館の門弟だったころ高弟のひとりでした。……ただ、わたしよりだいぶ歳上でして、親しく話したことはありません」

右京は士学館で剣術を修行したのだ。青木は、七年ほど前に独立して本郷に町道場をひらいたという。

「ともかく、青木道場へ行ってみよう」

平兵衛と右京は、神田川にかかる昌平《しょうへい》橋の方へ足をむけた。昌平橋を渡った先が湯島《ゆしま》で、中山道をさらに進めば本郷に出られる。

湯島の裏手をしばらく歩くと、御家人や旗本の屋敷の先に加賀《かが》百万石、前田《まえだ》家の上屋敷が見えてきた。

「その寺の脇を入った先です」

右京は中山道沿いにある古刹《こさつ》の山門を指差した。山門につづいて古い築地《ついじ》塀があり、塀の先に路地の入り口があった。青木道場は路地の先にあるらしい。

路地に入り、いっとき歩くと、竹刀《しない》を打ち合う音と気合が聞こえてきた。道場の稽古の音である。

路地沿いに道場があった。それほど大きな道場ではないが、盛っているらしく何人もの門弟が稽古しているようだった。

平兵衛と右京は戸口から入ると、

「お頼みもうす！　どなたか、おられぬか」

と、右京が大声を上げた。大きな声でないと稽古の音に掻《か》き消されてしまうのだ。

すぐに、正面の板戸があき、土間の先の狭い板敷きの間に若い門弟が姿を見せた。

稽古着に袴姿である。稽古中だったらしく、顔が汗でひかっていた。稽古着も汗でぐっしょりと濡れている。

若い門弟は、平兵衛と右京を見て怪訝《けげん》な顔をした。立っていたのは、御家人ふうの若い武士と小袖に軽衫《かるさん》姿の老爺である。ふたりが何のために道場に来たのか、見当もつかなかったのだろう。

「それがし、片桐右京ともうします。青木どのに、お取り次ぎ願いたいが。……それがし、士学館で青木どのに稽古をつけてもらったことがございますので、名を伝えていただければ、お分かりかと存じます」

右京が慇懃《いんぎん》な口調で言った。

「しばし、お待ちを」

門弟はそう言い残し、慌てた様子で道場へもどった。

いっときすると、門弟がもどってきた。框《かまち》の近くに膝《ひざ》を折り、

「お上がりください。お師匠が会われるそうです」

そう言って、平兵衛と右京を板敷きの間に上げた。

平兵衛たちは、門弟の案内で道場のつづきにある座敷に腰を落ち着けた。そこは来客のための座敷らしく、障子をあけると梅と山紅葉《もみじ》の植えられた坪庭が見えた。

門弟が去ると、すぐに廊下を歩く足音がし、初老の武士が姿を見せた。鬢や髷に白髪が目立ち皺《しわ》も多かったが、眼光が鋭く、どっしりとした腰をしていた。身辺に剣の遣い手らしい威風がただよっている。

「片桐右京でございます。士学館で修行していたおりには、お世話になりました」

そう言って、右京は頭を下げた後、傍らの平兵衛に目をむけ、

「こちらは、安田平兵衛どのです。住まいが近いこともあって、何かと世話になっております」

と紹介しただけで、義父とは口にしなかった。そこまで、話すことはないと思ったのであろう。

「それがし、牢人ですが、刀槍を研がせていただき口を糊してござる」

平兵衛は研ぎ師であることを口にした。

「安田どの、剣も達者なようだが、何流を遣われるな」

青木が平兵衛に目をむけて訊いた。口許に笑みが浮いていたが、双眸には鋭いひか

りが宿っていた。青木は、平兵衛の座している姿に隙がないことから、剣の達者とみてとったようである。

「金剛流を少々」

平兵衛は隠さなかった。ただ、金剛流を身につけている者は、江戸でもわずかなので、青木は知らないかもしれない。

「金剛流でござるか」

青木はそう言っただけで、金剛流のことは話題にせず、

「して、何用でござろうか」

と、訊いた。何のために、右京と平兵衛が訪ねて来たのか、そのことが気になっているようだった。

「実は、それがし、小坂なる者と立ち合わねばなりませぬ」

右京が言った。

「果たし合いか」

青木が右京を見つめて訊いた。

「いかさま。青木どのは、小坂なる者をご存じでござろうか」

「小坂な……」

青木は小首をかしげた。思い浮かばないらしい。

「横雲なる剣を遣います」

「横雲とな」

青木の顔がひきしまり、双眸が刺すようなひかりを帯びた。剣の達者らしい凄みがある。

「聞いた覚えがある」

青木が、低い声で言った。

「牢人のように見えましたが」

右京が水をむけた。まず、小坂の住処を知りたかったのだ。

「牢人かどうかは知らぬが、黒沢《くろさわ》家の道場に横雲なる妙剣を遣う男が出入りしていると聞いた覚えがある」

「黒沢家の道場とは」

右京が訊いた。黒沢家の道場と言ったところを見ると、町道場とはちがうらしい。

「黒沢八九郎《やくろう》なる御仁でな。御家人らしいが、自邸を開放し、近隣の子弟を集めて剣術の指南をされていたようだ。そこに、出入りしていた男が、横雲と称する精妙な技を遣うと聞いた覚えがあるのだ」

「黒沢どのの屋敷は、どこにあるのでござる」

右京は、黒沢も尽忠党に何かかかわりがあるのではないかと思った。

「谷中《やなか》と聞いたが……。長者町《ちようじや》だったかな」

青木は語尾を濁した。はっきりしないらしい。

「長者町ですか」

右京は、これだけ分かれば、何とかつきとめられると踏んだ。自邸を道場代わりにして剣術を指南している御家人はめずらしいのだ。

話がとぎれたとき、それまで黙って話を聞いていた平兵衛が、

「黒沢なる御仁は、何流を指南されていたのでござろうか」

と、訊いた。近隣の子弟を集めて指南していたとなると、黒沢自身かなりの遣い手であろう。

「練兵館で神道無念流を修行されたと聞いている」

青木が平兵衛に顔をむけて言った。

「神道無念流でござるか」

横雲は、小坂が独自に工夫した技であろう、と平兵衛は踏んだ。神道無念流には横雲なる技もなかったはずである。

それから小半刻（三十分）ほど、右京は青木と士学館のころの話をしてから、辞去の挨拶を口にした。

平兵衛と右京が腰を上げたとき、

「片桐、どうあっても横雲の剣と立ち合うのか」

と、青木が訊いた。

「それがしか安田どのが、立ち合うことになりましょう」

右京が言った。

「武運を祈ろう」

青木が、右京と平兵衛に目をむけて言った。

7

「どうだ、下谷《したや》にまわってみるか」

通りに出たところで、平兵衛が言った。

陽は西の空にかたむき始めていたが、まだ八ツ半（午後三時）ごろであろう。下谷の長者町はすこし遠まわりになるが、帰り道といってもいい。

「そうしましょう」

右京はすぐに同意した。

平兵衛と右京は中山道に出ると、すぐに左手の通りへ入った。湯島天神の前に出る道である。湯島天神の前に出て、そのまま東へ向かえば長者町辺りへ出るはずだった。

湯島天神の前を通って、さらに東にむかって歩くと、御成《おなり》街道へ突き当たった。

「この先が、長者町ですよ」

右京が言った。

ふたりは御成街道を横切り、大名家の下屋敷の脇を通って町家のつづく通りへ出た。付近は町家ばかりで、武家屋敷は見当たらなかった。

通りすがりのぼてふりに訊くと、

「三町（約三百二十七メートル）ほど歩きやすと、武家地ですぜ」

と、教えてくれた。

ぼてふりが言った通り、三町ほど歩くと、通り沿いに御家人や小身の旗本の屋敷がつづいていた。

ふたりは武家屋敷のつづく通りをいっとき歩いたが、それらしい屋敷は見当たらなかった。もっとも、自邸を開放して剣術の指南をしているといっても、庭を使っているだけかもしれない。そうであれば、外見では分からないだろう。

「だれかに訊いてみるか」

平兵衛が言った。

いっとき歩くと、中間《ちゅうげん》をひとり従えた御家人ふうの武士が通りかかった。三十代半ばの人のよさそうな男だった。

「しばし、お待ちを」

右京が声をかけた。

「それがしで、ござるか」

武士が足をとめ、怪訝な顔をして右京と平兵衛を見た。

「ちと、お訊きしたいことがござる」

右京が武士に歩を寄せた。

平兵衛は、路傍《ろぼう》に立ったまま身を引いていた。この場は右京に任せようとしたのである。

「何ですか」

「この辺りに、黒沢どのの屋敷があると聞いてまいったのだが、黒沢どのの屋敷をご存じでござろうか」

右京は黒沢の名を出した。

「さァ……」

武士は首をかしげた。

「たしか、自邸で剣術の道場をひらいていると聞いたのだが」

「あの屋敷か……」

武士は分かったようだ。

「この先ですよ。しばらく歩くと、道沿いに太い楠《くすのき》があります。その斜向かいの屋敷です。……ですが、もう道場はひらいてないようですよ」

武士が言った。

「道場はとじたのですか」

「もう三年ほどになりますかね。道場はとじたと聞きました。その後、稽古の音は聞こえませんから、まちがいないはずです。それに、ちかごろは当主の黒沢どのも、あまり屋敷にはいないようです。……噂ですから、くわしいことは知りませんが」

それだけ話すと、武士は、急ぎますので、これにて、と言い残し、中間を従えてその場から離れた。

「この近くのようですよ」

右京は平兵衛に言って、先に歩きだした。

しばらく歩くと通り沿いで、大きな楠が枝葉を茂らせていた。武士の言ったとおり、斜向かいに武家屋敷があった。屋根のある両開きの門だった。百石前後の屋敷らしい。屋敷の周囲は板塀でかこわれていた。

「この屋敷のようです」

右京は板塀のそばに立ちどまった。

「静かだな」

平兵衛が言った。

板塀のなかはひっそりとして、物音も人声も聞こえてこなかった。住人がいるのかどうかさえ分からない。

「稽古は庭でやったようだ」

平兵衛が板塀の隙間からなかを覗いて言った。

道場らしい建物はなかった。庭がひろいので、そこで稽古をやったのだろう。その庭も、雑草でおおわれているのが見てとれた。

「どうします」

右京が訊いた。

「屋敷を訪ねて、話を聞くことはできまい。近所で訊いてみるか」

平兵衛はそう言って、歩きだした。いつまでも、屋敷の前に立っているわけにはいかなかったのである。

平兵衛たちが、通りの左右に目をやりながら歩いていると、通りの先にお仕着せ姿の中間がふたり現れた。通り沿いの旗本屋敷の門から、通りへ出てきたようだ。ふたりの中間はこちらに歩いてくる。

「あのふたりに、訊いてみるか」

平兵衛は、すこし足を速めた。

ふたりの中間が目の前に迫ったとき、

「つかぬことを訊くが」

と、平兵衛が声をかけた。

右京は平兵衛の背後に足をとめた。この場は、平兵衛にまかせる気らしい。

「なんでしょうか」

丸顔の男が、首をすくめながら言った。警戒するように、平兵衛を上目遣いに見ている。

「いや、たいしたことではないのだが、この先の黒沢どのの屋敷を知っているかな」

平兵衛が世間話でもする口調で訊いた。

「へい」

「屋敷内で剣術の指南をしていると聞いてまいったのだが、それらしい様子はないし、門はとじたままのようだし、どうしたものかと思ってな」

平兵衛が困惑したような顔をした。

「黒沢さまは、剣術の指南をやめましたよ」

丸顔の男が言うと、もうひとり、赤ら顔の男もうなずいた。ふたりの顔から警戒の色は消えている。平兵衛の話を信じたようだ。

「やめられたのか」

「へい、三年ほど前からやめたようで……。黒沢さまは、ちかごろお屋敷にも寄り付かないようですよ」

丸顔の男の口許に揶揄《やゆ》するような笑いが浮いたが、すぐに消えた。

「黒沢どのは、屋敷にも寄り付かないのか。いったい、どうしたことだ」

平兵衛が驚いたような顔をして見せた。

「稽古に来る人がすくなくなりやしてね。……それで、三年ほど前に道場をしめてしまったようですよ」

「うむ……」

　平兵衛が残念そうな顔をした。

　それから、平兵衛はもっともらしいことを口にして、ふたりの中間から黒沢と小坂のことを聞き出した。

　ふたりの中間が話したことによると、黒沢は百二十石の御家人で非役だという。剣術の遣い手で、近隣の御家人や旗本の子弟を集めて自邸で指南していたそうだ。小坂は食客として黒沢家に寝泊まりし、黒沢とともに剣術の指南をしていたらしいが、道場をしめると屋敷からいなくなった。小坂の行き先は、知らないという。

「ところで、黒沢どのといっしょにいることの多い中背の武士を知らんかな。剣もなかなか達者のようだが……」

　平兵衛は黒沢と小坂の他にもうひとりいた武士の名を知りたかったのだ。

「その方なら、きっと村瀬さまですよ。村瀬さまは黒沢さまや小坂さまといっしょにいることが多かったですからね」

　丸顔の男によると、村瀬は黒沢道場の師範代だという。

「黒沢どのは、あまり屋敷に寄り付かないそうだが、どういうわけだ」

平兵衛が訊いた。

「そのことですがね」

丸顔の男が急に声をひそめて言った。

「剣術の指南をやめたころ、ご新造さまが亡くなられましてね。子供もいなかったし、黒沢さまは、ひとりで屋敷に籠っているのが嫌になったんじゃァないですかね。頻繁に吉原や料理屋などに出かけるようになり、家に寄り付かなくなったと聞いてますよ」

丸顔の男がもっともらしい顔をして言った。

「ところで、黒沢どのだが、背が高いそうだな」

平兵衛は、尽忠党の長身の武士を思い浮かべて訊いたのだ。

「へい、背丈のあるお方です」

黙っていた赤ら顔の男が脇から口をはさんだ。

「やはり、そうか」

平兵衛が口をとじると、

「旦那、あっしらはこれで」

と、丸顔の男が言い、ふたりは平兵衛に頭を下げてから歩きだした。

平兵衛と右京は、神田川の方へ足をむけた。右京の長屋のある岩本町へもどろうとしたのである。

「右京、黒沢八九郎が三人目の武士のようだな」

平兵衛が小声で言った。

「これで、尽忠党の三人の武士が分かりましたね」

村瀬、小坂、それに黒沢八九郎である。

「一味の様子が、だいぶ見えてきたな」

平兵衛が虚空を見すえて言った。その双眸には、射るような鋭いひかりが宿っていた。

第四章　隠れ家

1

平兵衛と右京は本郷へ出かけた翌日、極楽屋へ出かけ、島蔵や店にいた朴念たちに黒沢のことを話した。

「黒沢八九郎か」

島蔵が大きな目をひからせて言った。

「黒沢屋敷を見張り、跡を尾ければ、他の仲間の居所がつかめるかもしれんな」

平兵衛が言った。黒沢だけでなく、村瀬と小坂の居所をつかみたかったのだ。

そのとき、話を聞いていた峰次郎が、

「あっしにやらせてくだせえ」

と、言い出した。

これまで、峰次郎は賭場や岡場所などを当たっていたが、尽忠党につながる手掛かりはつかんでいなかった。

峰次郎につづいて、嘉吉が、

「あっしも、やりやしょう」

と、言った。嘉吉は、このところ殺し人たちのつなぎ役をしていたが、金を手にした手前もあって手引き人の仕事にもどりたかったのだろう。

「ふたりに頼むか」

島蔵が言った。

「そうしてもらうと助かるな」

平兵衛は、張り込みはしたくなかったのだ。老いのせいで、長時間の張り込みは身にこたえるのである。それに、右京のこともあった。平兵衛が張り込むことになれば、右京も付き合うだろう。平兵衛は右京を出歩かせたくなかった。尽忠党が、右京を狙っているとみていたからである。

平兵衛と右京は、極楽屋で昼めしを食うと、また、来よう、と言い置いて、店を出た。陽の高いうちに帰ろうとしたのは、尽忠党の闇討ちを恐れたためである。

「右京、どうだ、長屋を見張られている様子はないか」

仙台堀沿いの道を歩きながら、平兵衛が訊いた。

「ありませんよ。この前の襲撃で、懲《こ》りているのかもしれません。それに、尽忠党は極楽屋のこともつかんでますからね、狙うのはわたしだけではないと思いますよ。義父上や朴念を狙っているのかもしれません」

右京が抑揚のない声で言った。まったく、尽忠党を恐れている様子はなかった。

「そうだな」

平兵衛は、自分の取り越し苦労かとも思った。

右京の読みはあたっていた。平兵衛と右京が極楽屋に出かけて三日後だった。嘉吉が庄助店にあらわれ、

「朴念さんがやられやした」

と、慌てた様子で言った。

「死んだのか」

平兵衛が思わず声を上げた。

「いいえ、命は助かったようですが、深手です」

「朴念は、極楽屋にいるのか」

「へい、親爺さんが手当し、奥の座敷で寝ていやす」

「行ってみよう」

平兵衛は、すぐに立ち上がった。念のために、愛刀の来国光一尺九寸を腰に帯びた。尽忠党に待ち伏せされても、闘いに支障がないようにしたのである。

平兵衛と嘉吉は、何事もなく極楽屋に着いた。もっとも、四ツ（午前十時）ごろで、仙台堀沿いの通りは人影が多かった。表店もひらいている。尽忠党も襲う気にはなれなかっただろう。

朴念は店の奥の座敷で唸っていた。頭と腕に晒《さらし》が巻いてあった。それに、はだけた着物の襟元から、胸に巻いてある晒も見えた。いずれも、どす黒い血に染まっている。わずかだが、新しい血の色もあった。まだ、出血しているらしい。

島蔵が寝ている朴念の脇に胡座《あぐら》をかいていた。顔に疲労の色があった。朴念の看病であまり寝ていないのかもしれない。

「どうだ、具合は」

平兵衛が朴念の枕元に腰を下ろして訊いた。

「か、かすり傷だ。……亀久橋ちかくで、襲われてな、このざまだ」

朴念が、顔をしかめて言った。顔が土気色をし、厚い唇がピクピク震えている。まだ、苦しそうである。

島蔵が窘《たしな》めるように言った。体を動かすと、出血が激しくなるからであろう。

「話してもかまわねえが、体は動かすなよ」

「相手は尽忠党か」

平兵衛が訊いた。

「そうだ。背の高《たけ》え侍と小柄な町人だ」

「侍は黒沢八九郎だな。町人は寅五郎だろう」

「腕の立つ男だ。おれの手甲鈎でも歯が立たなかったよ」

朴念が訥々《とつとつ》と話した。

暮れ六ツ（午後六時）過ぎ、仙台堀沿いの通りは淡い暮色に染まっていた。朴念が亀久橋のたもとまで来ると、川岸の柳の樹陰から背丈のある武士が通りへ出てきた。小袖に袴姿で、二刀を帯びていた。眉が濃く、眼光のするどい男だった。

……尽忠党か！

朴念はすぐに察知した。

咄嗟《とつさ》に、逃げようかと思ったが、背後に町人体の男があらわれたのを目にし、逃げるのはむずかしいとみて、闘う気になった。それに、ここで尽忠党のふたりを始末できるかもしれない、との思いが胸をよぎったのだ。

朴念は革袋に入れて持ち歩いている手甲鉤を懐からすばやく取り出し、右手に嵌《は》めた。

三間半ほどの間合をとって対峙《たいじ》した武士は、朴念の手甲鉤を見て、

「それで、おれと闘うつもりか」

と言って、口許に薄笑いを浮かべた。

「おまえの顔を、引き裂いてくれるわ」

言いざま、朴念は手甲鉤をかざした。

「その坊主頭を斬り割ってくれよう」

武士が抜刀した。

背後の町人も、匕首を手にして迫ってくる。

「いくぞ!」

朴念は摺り足で武士との間合をつめた。武士に先手をとられたら勝ち目はないと踏んだのだ。

武士は青眼に構えていた。切っ先がピタリと喉元につけられている。

……遣い手だ!

朴念は背筋を冷たい物で撫でられたような気がして身震いした。

武士の切っ先が、そのまま目を突いてくるように見え、武士の姿が遠ざかったように感じられたのだ。剣尖の威圧である。

ウオリャッ！

朴念は獣《けもの》の咆哮《ほうこう》のような気合を発し、いきなり疾走した。動きながら闘うしかないとみたのだ。

朴念が一足一刀の間境を越えた刹那、武士の刀身がキラッとひかり、閃光が朴念の頭上へはしった。

咄嗟に、朴念は身を引きざま手甲鈎を嵌めた右腕を振り上げた。武士の斬撃をはじこうとしたのだ。が、間に合わなかった。右の二の腕に衝撃がはしった。

……斬られた！

と、朴念は頭のどこかで思ったが、かまわず、武士の頭をめがけて手甲鈎をふるった。手は動く。それほどの深手ではないらしい。

頭をとらえた！と感じた刹那、武士の姿が掻き消え、刃唸りがし、着物の胸部が斜に裂けた。

武士は脇に跳んで、朴念の手甲鈎をかわしざま、刀を袈裟に斬り下ろしたのだ。一瞬の太刀捌きである。朴念には、その太刀筋さえ見えなかった。

朴念のあらわになった胸から血が噴いた。武士の切っ先で、皮肉を裂かれたらしい。

……おれの手甲鈎じゃァ相手にならねえ！

そう察知した朴念は、逃げるしか助かる手はない、と思った。

朴念は反転すると、凄まじい気合を発しざま、匕首を手にした町人にむかって駆けだした。瞬間、朴念は後頭部に焼き鏝《ごて》を当てられたような衝撃を覚えた。背後から斬り込んだ武士の切っ先が、後頭部の皮肉を斬り裂いたらしい。

かまわず、朴念は突進した。まるで、手負いの巨熊のようだった。

ワアッ！

町人体の男が脇へ跳んで逃げた。朴念の迫力に、驚いたらしい。

朴念は懸命に走った。

「逃げるか！」

後ろから、武士と町人体の男が追ってきた。

朴念は体の痛みを堪えて走った。巨体だが、足は速い。背後のふたりは、間合がつめられなかった。

そのとき、通りかかった船頭ふたりと川並《かわなみ》らしい男が、朴念の凄まじい姿を見て悲鳴を上げて路傍へ逃げ散った。血まみれの坊主頭を振りながら、目をつり上げ、巨体を揺らして走ってくる。着物は裂け、血まみれになっていた。

朴念が一町ほど走ると、背後の足音は聞こえなくなった。振り返ると、武士と町人体の男は通りに立っていた。追うのを諦めたらしい。

朴念は傷口を手で押さえ、痛みを堪えて歩きだした。ともかく、極楽屋へ行き、島蔵に手当してもらおうと思った。

「それで、何とか逃げられたんで……」

朴念が口許に照れたような薄笑いを浮かべて言った。

「逃げるのも腕のうちだよ」

朴念が激しく動きながら闘ったので、致命傷になるような斬撃をうけずに済んだらしい、と平兵衛は思った。

2

孫八は腰高障子をあけて戸口から出ると、井戸の方から歩いてくる男の姿が目に入った。伊勢吉である。

深川入船町《いりふねちょう》の甚右衛門店《じんえもんだな》だった。古い棟割長屋が孫八の塒である。孫八は極楽屋へ行くつもりで長屋を出たところだった。島蔵からその後の様子を聞き、ついでに夕めしを食ってこようと思ったのだ。

「伊勢吉、何か知れたか」

孫八は、伊勢吉が何かつかんで知らせに来たのだと思った。

「知れたぜ。寅五郎の塒が」

伊勢吉が得意そうな顔をして言った。

「知れたか」

「ヘッヘヘ……。これで、あと二両いただきだな」

伊勢吉が、目を細めた。

「伊勢吉、どうだ、一杯やらねえか。極楽屋へ行くところだったのだ」

孫八は歩きながら話そうと思った。

「久し振りに、閻魔さまのお顔を拝ませてもらうか」

伊勢吉は、ニヤニヤしながら跟《つ》いてきた。

孫八たちは、掘割沿いの道を仙台堀の方へむかった。陽は家並の向こうに沈みかけていた。あと、小半刻（三十分）もすると、暮れ六ツ（午後六時）であろうか。

「伊勢吉、寅五郎の跡を尾けたのか」

孫八が訊いた。

「一昨日の夜、寅五郎のやつが、ひょっこり姿を見せたのよ。金を持ってたらしく、馴染みの新造のところで、明け方まで楽しんだようだぜ。おれも、寝ずでやつが出て来るのを待ってたのよ。……あと、二両いただけるとなりゃァ、一晩ぐれえどうということたァねえ」

伊勢吉によると、寅五郎は日本堤から山谷堀にかかる今戸橋《いまど》を渡り、今戸町へ出たという。

寅五郎は今戸町の町筋をいっとき歩いてから、右手の路地をたどり長屋につづく路地木戸をくぐった。

「やつが入った長屋が、塒のようだぜ」

伊勢吉が言った。

「なんてえ店だい？」

「徳兵衛店《とくべえだな》だ。明日にでも、おれが案内するぜ」

「そいつは、すまねえ」

孫八は懐から巾着を取り出すと、残りの二両だ、と言って、伊勢吉に渡した。

「ヘッヘ……。すまねえなァ。孫八、吉原を探ることがあったら、またおれに声をかけてくれねえか」

「いいとも」

孫八は、吉原を探索するおりは伊勢吉も使えると思った。

その日、孫八と伊勢吉は極楽屋で一杯やり、島蔵に頼んで茶漬けで腹ごしらえをしてから帰った。


翌日、孫八は伊勢吉と約束しておいた今戸橋のたもとで顔を合わせ、徳兵衛店にむかった。今戸町の表通りをいっとき歩き、瀬戸物屋の脇の路地へ入ったとき、

「あの木戸の先が、徳兵衛店だぜ」

伊勢吉が斜向かいにある路地木戸を指差して言った。

「やつは、いるかな」

見上げると、陽はだいぶ高くなっていた。四ツ（午前十時）ごろであろうか。寅五郎が仕事に出ているとは思えないので、長屋にいるかもしれない。

「ちょいと、覗いてくるかい」

伊勢吉が訊いた。

「ああ、やつを尾けてきたとき、やつが家へ入《へえ》るのを見とどけたからな」

「家は分かるのか」

「行ってみるか」

寅五郎の家を覗いて鉢合わせでもすれば、元も子もないが、寅五郎の家がどこにあるのかだけでも確かめておきたかったのだ。

伊勢吉が先にたって路地木戸をくぐり、孫八は伊勢吉の後に跟《つ》いた。

孫八が路地木戸の先にある井戸のそばまで来たときだった。ふいに、伊勢吉が井戸の脇の八手《やつで》の陰に身を寄せて屈み込んだ。

だれか、こちらに歩いてくる。小柄な男だ。

孫八もすぐに八手の陰にまわり、伊勢吉の脇に身をかがめた。小柄な男は、下駄の音をさせながら井戸の方へ歩いてきた。

「やつだ!」

伊勢吉が声を殺して言った。

小柄で丸顔の男だった。孫八たちが身を隠している井戸の方へ近付いてくる。

……寅五郎だ!

孫八は寅五郎の顔を見ていなかったが、まちがいないと思った。平兵衛や右京から聞いていたとおりの人相と体軀だったのだ。

寅五郎は井戸の脇を通って路地木戸の方へむかった。身をひそめている孫八と伊勢吉には気付かなかったようだ。

孫八たちは、路地木戸から出て行く寅五郎の背が見えなくなってから、井戸の脇の八手の陰から出た。

「やつが、寅五郎だ」

「そのようだな」

孫八がうなずいた。

「やつの跡を尾けてみるかい」

伊勢吉が訊いた。

「いや、とりあえずやつの家を教えてくれ」

孫八は、寅五郎の塒が分かったので、尾行はいつでもできると思った。

「やつの家はこっちだ」

伊勢吉が先に立った。

「ここだよ」

伊勢吉が足をとめて指差した。

井戸の前方、二つ目の棟のとっつきの部屋だった。腰高障子が破れている。破れ目から覗いてみると、人影はなかった。男の独り暮らしらしく、だいぶ散らかってい
た。土間には、鼻緒の切れた下駄や草履がころがっている。六畳の部屋には夜具が延べたままだし、丸めた衣類が部屋の隅に押しつけられていた。

「なかへ入《へえ》ってみるかい」

伊勢吉が言った。

「入っても仕方がねえ。引き上げよう」

孫八は、腰高障子の前から離れた。寅五郎の家が、どこにあるか分かればいいのである。

孫八と伊勢吉は、路地木戸から通りへ出た。

「伊勢吉、助かったぜ」

孫八は今戸橋の方へ歩きながら言った。

明日にでも、寅五郎の塒をつかんだことを平兵衛たちに知らせようと思った。

3

「寅五郎の塒が分かったか」

島蔵が声を大きくして言った。

極楽屋の店だった。島蔵と孫八、それに甚六が、飯台のまわりに置いてある腰掛け用の空き樽に腰を下ろしていた。

孫八が今戸町に出かけ、寅五郎の塒を確かめた翌日だった。孫八は極楽屋に来て、島蔵たちに寅五郎の塒をつかんだことを話したのだ。

「おれが、たたっ斬ってやるぜ」

甚六が意気込んで言った。

「待て、寅五郎を殺すのはいつでもできる。ここに連れてきて、口を割らせようじゃァねえか」

島蔵が低い声で言った。

「そいつはいい」

甚六が目をひからせた。

「孫八、すまねえが、平兵衛の旦那を呼んできてくれ」

「承知しやした」

すぐに、孫八が立ち上がった。

「孫八、舟を使え。……おれが室田《むろた》屋の舟を一艘借りてやるぜ」

室田屋というのは、東平野《ひらの》町の亀久橋近くにある材木問屋だった。極楽屋からは近かった。

室田屋が徒《いたずら》牢人に些細なことで因縁をつけられ、金を強請《ゆす》られたとき、島蔵が牢人と話をつけてやったことがあった。その後、島蔵は室田屋のあるじの牧右衛門《まきえもん》と懇意にしていたのである。ただ、牧右衛門は島蔵が殺しの元締めをしていることまでは知らなかった。

さっそく、孫八は島蔵が室田屋で借りた舟を使って本所相生町へむかった。仙台堀から横川へ出て北に向かうと竪川に突き当たる。竪川を大川方面へ進めば、庄助店のある本所相生町に出られるのだ。舟を使えば、歩くより楽だし、はるかに早く着くのである。

その日の八ツ（午後二時）ごろ、極楽屋に平兵衛が顔を見せた。孫八が舟で平兵衛を連れてきたのである。

島蔵と顔を合わせた平兵衛は、

「寅五郎の塒をつかんだそうだな」

と、言った。舟で来る途中、孫八から聞いたのである。

「つかんだよ。始末するのはたやすいが、その前に口を割らせようと思ったのだ」

島蔵が言った。

「それで、わしを呼んだのか」

「旦那の手を借りたいと思ってな。甚六がいるが、旦那もいっしょなら、まちがいないからな」

「承知した」

「浅草の今戸町らしい。歩くのは大変だから、また、舟を使ってくれ。来たときと同じように、孫八が船頭役でいっしょに行ってくれることになっている」

島蔵が言うと、そばにいた孫八と甚六がうなずいた。

まだ、陽は高かった。舟を使えば、太陽が沈む前に今戸町へ着けるだろう。

それから間もなく、平兵衛たち三人は極楽屋を出た。孫八が艫《とも》に立って艪《ろ》を握り、水押《みお》しを大川方面にむけた。

大川に出ると、川上にむかって遡《さかのぼ》り、新大橋と両国橋をくぐった。左手に浅草、左手に本所の町並がひろがっている。

やがて、平兵衛たちの乗る舟は、吾妻《あずま》橋をくぐった。左手の家並の先に浅草寺の堂塔が見えている。

「そろそろ着きやすぜ」

孫八が水押しを左手にむけた。

山谷堀にかかる今戸橋が見えてきた。その橋の先が今戸町である。孫八は艪をあやつって、今戸橋の先にある桟橋に舟を寄せた。

ちいさな桟橋だった。猪牙舟が三艘舫《もや》ってあった。近所の漁師の使う舟かもしれない。

孫八は船縁を桟橋に寄せると、

「下りてくだせえ」

と、声をかけた。

すぐに、平兵衛と甚六が舟から桟橋に飛び下りた。孫八は舫い杭に舟をつないでから、桟橋に下りた。

「こっちでさァ」

孫八が先に立った。

平兵衛と甚六は、孫八の後に跟《つ》いた。孫八が寅五郎の住む徳兵衛店への道筋を知っているのである。

　桟橋につづいて短い石段があり、そこを上ると表通りに出られた。平兵衛たちは表通りをしばらく歩いてから、孫八の先導で瀬戸物屋の脇の路地へ入った。

　いっとき歩くと、孫八は足をとめ、

「あれが徳兵衛店につづく木戸でさァ」

　と言って、斜向かいにある路地木戸を指差した。

「踏み込むか」

　甚六が言った。

「待て、まず寅五郎が長屋にいるかどうか探ってからだ」

　留守なら、踏み込んでも寅五郎を捕らえることはできない。それに、平兵衛たちが引き上げた後、寅五郎が塒にもどり、長屋の者から平兵衛たちのことを聞けば、姿を消す恐れがあったのだ。

「あっしが見てきやしょう」

　孫八がそう言い残し、ひとりで路地木戸をくぐった。

　平兵衛と甚六が路地沿いの樹陰に身を隠して待つと、しばらくして孫八がもどってきた。

「寅五郎は、長屋にいやすぜ」

孫八によると、寅五郎の住む部屋の腰高障子の前まで行くと、床を踏む足音が聞こえ、障子の破れ目から寅五郎らしき男の姿が見えたという。

「踏み込むにしても、すこし早いな」

陽は家並の向こうにまわっていたが、西の空には残照がひろがり、上空にも青さが残っていた。暮れ六ツ（午後六時）までには、小半刻（三十分）ほどあるかもしれない。

「焦ることはない。暗くなるのを待とう」

平兵衛は、長屋が夕闇につつまれ、住人たちが家へ入ってから仕掛けないと騒ぎが大きくなるとみたのだ。

平兵衛たちは樹陰で辺りが夕闇に染まるのを待った。半刻（一時間）ほどすると、辺りは夕闇につつまれ、路地を行き来するひとの姿も見られなくなった。

「そろそろ仕掛けよう」

平兵衛たちは樹陰から路地に出た。

4

「こっちでさァ」

孫八が先に立って路地木戸をくぐった。

長屋は夕闇につつまれていた。家々の腰高障子から灯が洩れ、女房や子供の声、亭主のがなり声などが聞こえてきたが、人影は見えなかった。住人たちは家のなかで過ごしているらしい。

「あの家ですぜ」

孫八が、棟のとっつきの部屋の腰高障子を指差した。

腰高障子の破れ目から、淡い灯が洩れている。ひとがいるらしく、瀬戸物の触れ合うような音がかすかに聞こえた。

平兵衛たち三人は、足音を忍ばせて腰高障子に近寄った。瀬戸物の触れ合うような音にくわえて、喉の鳴る音が聞こえた。何か飲んでいるらしい。

平兵衛が腰高障子の破れ目から覗くと、座敷に胡座をかいている男の姿が見えた。行灯の灯に、ぼんやり浮かび上がっている。

……寅五郎にまちがいない。

平兵衛は、小柄で丸顔の男に見覚えがあった。

寅五郎は座敷のなかほどに胡座をかき、貧乏徳利を膝先に置いて湯飲みで酒を飲んでいた。瀬戸物の触れ合うような音は、湯飲みと貧乏徳利の触れ合う音だったらしい。

平兵衛は後ろを振り返り、孫八と甚六に、入るぞ、と目で合図を送ってから、腰高障子をあけた。

平兵衛が土間に踏み込み、甚六、孫八がつづいた。

寅五郎はいきなり土間に入ってきた人影を見て、ギョッとしたような顔をしたが、

「だれでえ!」

と怒鳴り声を上げて、立ち上がった。土間の辺りが暗く、平兵衛たちの姿がはっきり見えなかったようだ。

「地獄の鬼だよ」

言いざま、平兵衛は腰の来国光を抜きはなった。

薄闇のなかで、一尺九寸の刀身が銀蛇《ぎんだ》のようにひかっている。

平兵衛は上がり框から踏み込み、刀身を峰に返した。峰打ちで、仕留めようとした

のである。

甚六も長脇差を抜いた。土間に立ったまま身構えている。

「地獄屋のやつらか！」

寅五郎がひき攣《つ》ったような顔をし、部屋の隅を通って表へ飛び出そうとした。

刹那、平兵衛の体が沈み、スーッ、と寅五郎に身を寄せた。迅速《じんそく》な寄り身である。

寅五郎が土間へ飛び出そうとした瞬間、平兵衛の刀が薄闇を切り裂いて横にはしった。

ドスッ、という皮肉を強打するにぶい音がし、寅五郎の上半身が折れたように前にかしいだ。平兵衛の峰打ちが寅五郎の腹を強打したのだ。一瞬の太刀捌《さば》きである。

寅五郎は、グワッという呻き声を上げ、両膝を座敷についてうずくまった。両手で腹を押さえている。

「ジタバタするねえ」

甚六が長脇差の切っ先を寅五郎の首筋に突き付けた。

「孫八、猿轡《さるぐつわ》をかましてくれ」

平兵衛が言った。

すかさず、孫八が懐から手ぬぐいを取り出し、寅五郎に猿轡をかました。そして、寅五郎の両腕を後ろに取り、細引で縛り上げた。

甚六が長脇差を鞘に納めると、

「立て！」

と言って、寅五郎の腋《わき》に腕を差し入れて立たせた。

甚六と孫八が寅五郎の両脇に立ち、平兵衛が後ろについて戸口から出た。家々から淡い灯が洩れている。長屋は賑やかだったが、変わった様子はなかった。住人に気付かれずに済んだようだ。

辺りは深い夕闇につつまれ、町筋もひっそりと静まっていた。平兵衛たちは桟橋に舫ってある舟に寅五郎を乗せて、極楽屋にむかった。

極楽屋の店の奥座敷に男たちが集まっていた。行灯の灯が、平兵衛、甚六、孫八、島蔵、嘉吉の顔を浮かび上がらせている。いずれも、けわしい顔付きをしていた。

朴念も部屋の隅で横になっていた。朴念の傷口からの出血はとまったが、まだ起きて動きまわることはできなかったのだ。

平兵衛たちは、捕らえてきた寅五郎を取りかこんでいた。猿轡をはずされた寅五郎の顔が、恐怖にゆがんでいる。

「寅五郎、ここは地獄の一丁目だぜ」

島蔵が寅五郎を睨んで言った。大きな顔が赭黒くひかり、牛のような大きな目が、行灯の灯を映じて熾火のようにひかっている。まさに、地獄の閻魔のような面貌《おもて》である。

「……！」

寅五郎の顔が恐怖でゆがんだ。体が、小刻みに顫えている。

「まず、尽忠党の頭のことから訊こうか」

島蔵が低い声で言った。臓腑を揺らすようなひびきがある。

平兵衛たちは、黙って寅五郎に目をむけていた。この場は、島蔵にまかせるつもりのようだ。

「頭はなんてえ名だい」

「し、知らねえ」

寅五郎が声を震わせて言った。

「知らねえだと！」

ふいに、島蔵が大声を上げ、

「地獄の閻魔をなめるんじゃァねえ！」

言いざま、島蔵がいきなり大きな手で頬を張った。

バチッ、という音とともに、寅五郎の顔が横にふっ飛んだように見えた。

「い、痛《いて》え……」

寅五郎の顔がひき攣った。顔がゆがみ、頬が赤く膨らんでいる。

そのとき、畳の隅で横になっていた朴念が、

「元締め、そいつの頭をぶち割ってくれ。おれをこんな目に遭わせた仕返しだ」

と、吼えるような声で言った。

「寅五郎、聞いたとおりだ。……頭をぶち割られても文句はねえな」

「た、助けて……」

寅五郎の顔から血の気が引き、黒目が落ち着きなく揺れた。恐怖で、体が顫えている。

「もう一度訊くぞ。頭は黒沢八九郎かい。それとも、小坂半兵衛か」

島蔵は、あえて黒沢と小坂の名を出した。すでに、尽忠党の調べが進んでいることを匂わせ、隠しても無駄だと寅五郎に思わせるためだ。

「く、黒沢の旦那でも、小坂の旦那でもねえ」

寅五郎が声を震わせて言った。寅五郎は隠してもしかたがないと思ったようだ。そ

れに、島蔵たちは町方ではないので、罪を裁くわけではないのだ。

「それじゃァ、だれだ」

「芝蔵親分だ」

「芝蔵な。痩せた男だな」

「そ、そうだ」

島蔵は胸の内で、これで、一味の五人の名が知れたと思った。芝蔵、黒沢、小坂、村瀬、それに寅五郎である。

「そいつは妙だ。……尽忠党には、侍が三人もいるじゃァねえか。しかも、黒沢は、百二十石の御家人だぞ。町人の芝蔵が、どうして頭なんだ。まさか、口から出任せを言ってるんじゃァねえだろうな」

島蔵が怒鳴り声で訊いた。

「か、頭といっても、おれと殺された又蔵の頭なんでさァ」

寅五郎によると、三年ほど前から芝蔵を頭として寅五郎、又蔵、それに利助《りすけ》という男の四人で押し込みを働いていたという。ところが、半年ほどして利助が分け前のことで、芝蔵に楯突《たて》いた。怒った芝蔵は利助を刺し殺し、死体を大川へ流してしまった。その後、芝蔵、寅五郎、又蔵の三人で組んだという。

そうしたおり、芝蔵が賭場で小坂と知り合った。小坂は、黒沢屋敷から出た後、賭場の用心棒をしていたそうだ。

芝蔵は、小坂の剣の腕、人を斬ることに痛痒《つうよう》を感じない酷薄さ、さらに口も固いことを知り、夜盗にはうってつけの男だとみた。

芝蔵は、小坂に大店に押し入れば大金が入ることをちらつかせて、仲間に誘うと、

「ちょうど、辻斬りでもやろうと思っていたところだ。辻斬りも盗賊もたいして変わりはあるまい」

と言って、仲間にくわわることを承知したという。

ところが、小坂は食客として世話になっていた黒沢と黒沢の門弟で師範代だった村瀬にも声をかけて仲間に引き入れたという。三人は黒沢の道場で結びつき、小坂は黒沢たちが金を欲していたことを知っていたのだ。

「それで、黒沢と村瀬も仲間になったのだな」

島蔵が訊いた。

「へい」

そのとき、黙って聞いていた平兵衛が、

「黒沢と芝蔵は、親分と子分のかかわりではないのか」

と、訊いた。黒沢と芝蔵の関係が気になっていたのである。

「とんでもねえ。黒沢の旦那は、あっしらとは身分がちがいまさァ。……芝蔵親分に、おまえたちの一味にくわわるが、われらはただの盗人にはならぬ、とおっしゃいやしてね。手にした金も、あっしら三人と折半にしたんでさァ」

寅五郎によると、黒沢は、この国を守るための軍資金を得るために、やむなく大店に押し入るのだ、と言い、芝蔵とは一線を画していたという。芝蔵は親分どころか、ときには黒沢に指図されるときもあったそうだ。

「尽忠報国之士と記した紙を残したのは、黒沢の考えだな」

平兵衛が訊いた。

「そうでさァ」

「ところで、黒沢たちは奪った金で何をやるつもりなのだ」

平兵衛は、黒沢が尽忠報国之士と名乗るからには、ただ遊興のために金を奪ったのではないとみたのである。

「あっしにも、そこまでは分からねえ」

寅五郎が首を横に振った。

「うむ……」

平兵衛は、黒沢たちが何をしようとしているにせよ、盗賊に変わりはないと思った。それに、殺し人としては、相手が何者であれ、斬ればいいのである。

平兵衛が口をとじると、

「それで、芝蔵の塒はどこだい」

と、島蔵が訊いた。

「そ、それは、言えねえ」

寅五郎が戸惑うような顔をして言った。寅五郎にすれば、ここで親分の隠れ家を口にすれば、親分を裏切ることになると思ったのだろう。

「頭をぶち割られてもいいのか」

島蔵が腕まくりして、太い丸太のような腕を見せた。

「……！」

寅五郎が恐怖に顔をゆがめた。

「なに、おめえが口を割ったことにはしねえから安心しな。おれたちの仲間が探り出したことにしておくよ」

島蔵がおだやかな声で言った。

「こ、駒形《こまがた》町だ」

寅五郎が声をつまらせて言った。

「浅草か」

「そうだ……」

駒形堂の近くに嘉乃《よしの》という小料理屋があり、芝蔵はそこを隠れ家にしているそうだ。嘉乃の女将のおえんが、芝蔵の情婦《いろ》だという。

「小坂の塒は?」

さらに、島蔵が訊いた。

「北本町にありやしてね。借家だと聞いていやす」

本所北本町は、浅草駒形町の対岸にあたる。

寅五郎によると、小坂の住む借家は大川端にあるそうだ。また、村瀬もそこに住んでいるらしいという。尽忠党は、その借家に集まって密談をすることがあったが、寅五郎は口にしなかった。

島蔵があらためて村瀬のことを訊くと、名は村瀬左之助《さのすけ》で、黒沢家の近所の旗本に仕える若党だったという。村瀬は黒沢の許に剣術の稽古に通っていたが、黒沢が道場をとじると、若党をやめて黒沢と行動をともにするようになったそうである。

「北本町の借家か」

島蔵が低い声でつぶやくと、孫八と嘉吉がうなずいた。それだけ分かれば、つきとめられるとみているようだ。

5

寅五郎を訊問した翌日、嘉吉は峰次郎とふたりで浅草、駒形町へ出かけた。嘉乃に芝蔵がいるかどうか確かめるためである。

「嘉吉兄《あに》い、芝蔵はいやすかね」

歩きながら、峰次郎が言った。

峰次郎は二十二歳。鳶職《とび》だったが、親方の娘に手を出して鳶がつづけられなくなり、極楽屋に住むようになったのである。

島蔵は峰次郎の敏捷《びんしよう》さと足の速さに目をつけ、半年ほど前から手引き人をやらせるようになったのだが、まだ駆け出しだった。

「いるはずだよ」

嘉吉は、寅五郎が嘘を言ったとは思わなかった。

ふたりは浅草へ出て駒形町へ足を踏み入れると、

「嘉吉兄い、あいつに訊いてみやすよ」

そう言って、峰次郎が通りかかったぼてふりに走り寄った。

嘉吉が路傍に立って待つと、峰次郎はすぐにもどってきた。

「兄い、分かりやした ぜ。嘉乃は駒形堂の先の大川端だそうでさァ」

「行ってみよう」

ふたりは、すぐに駒形堂へ足をむけた。

千住《せんじゅ》街道をいっとき歩くと、右手に駒形堂が見えてきた。ふたりは駒形堂の脇を通って大川端の通りへ出ると、川上にむかって歩いた。

「分からねえなァ」

ふたりは、川沿いの店に目をやりながら歩いたが、小料理屋らしい店はなかった。

「船頭に訊いてみるか」

嘉吉は船宿の脇の桟橋に船頭がいるのを目にした。船頭は舫ってある猪牙舟の船底に茣蓙《ござ》を敷いていた。客を乗せる準備をしているようだ。

嘉吉が船頭に、小料理屋の嘉乃を知らないか訊くと、

「ここを一町ほど行きやすと、右手にありやすぜ。格子戸の小洒落た店でさァ」

と言って、教えてくれた。

行ってみるとすぐに分かった。船頭の言ったとおり、戸口が格子戸になっていた。脇に掛け行灯があり、小料理、嘉乃と記してあった。

「兄い、どうしやす」

峰次郎が訊いた。

「店に入って訊くわけにはいかねえ」

それに、まだ店先に暖簾《のれん》が出ていなかった。店内はひっそりとして、物音も人声も聞こえてこなかった。まだ、昼前なので店をひらいてないらしい。

「近所で聞き込んでみるか」

嘉吉は、近所で話を聞けば、様子が知れるのではないかと思った。

「そうしやしょう」

ふたりは、一刻（二時間）ほどしたら、さきほど船頭から話を聞いた桟橋にもどってくるよう約してその場で分かれた。

嘉吉は嘉乃のことが訊けそうな店を探し、大川端の道を上流にむかって歩いた。一方、峰次郎は左手の細い路地へ入った。近所の小店の親爺か長屋の住人でもつかまえて話を聞くつもりなのだろう。

……あの店で、訊いてみるか。

嘉吉は、笠屋を目にとめた。

店先に菅笠、網代笠、塗笠などが並べられていた。軒下に合羽《かっぱ》処《どころ》と記された看板が出ていた。合羽も扱っているらしい。

戸口から店に入ると、奥の帳場で算盤《そろばん》をはじいている主人らしき男が目に入った。帳場といっても売り場と兼用らしく、小座敷の隅に帳場机が置いてあるだけである。

「ごめんよ」

嘉吉が声をかけると、主人らしき男が慌てて腰を上げ、

「はい、はい、すぐに」

と言って、揉み手をしながら店先まで出てきた。満面に愛想笑いが浮いている。嘉吉を客と思ったらしい。

「あるじかい」

嘉吉が訊いた。

「はい、笠でしょうか、それとも合羽で?」

主人は愛想笑いを消さなかった。

嘉吉は菅笠でも買おうと思ったが、やめた。波銭でも、握らせた方が安くつくと思ったのである。

嘉吉はすばやく巾着を取り出すと、波銭を三枚つまみ出し、主人の手に握らせてから、

「手間をとらせてすまねえが、ちょいと訊きてえことがあるのだ」

と、切り出した。

「なんでございましょうか」

主人は愛想笑いを消さなかった。袖の下が効いたらしい。

「この先に、嘉乃という小料理屋があるな」

嘉吉は通りの先を指差して言った。

「ございますが……」

「女将のおえんが気に入ってな。また、行こうと思ったのだが、気になることを耳にして迷っているのだ」

嘉吉は、おえんの名を出した。話がもっともらしくなると思ったからだ。

「何が気になるんです?」

主人が一歩身を寄せて訊いた。愛想笑いが消え、目に好奇の色が浮いている。

「おえんには情夫《おとこ》がいるそうじゃァないか」

嘉吉が声をひそめて訊いた。

「……いるようですよ」

主人が嘉吉を上目遣いに見ながら言った。

「いるのか」

「はい、おえんさんは、諦めた方がいいかもしれませんね」

主人が分別臭い顔をした。

「いわくつきの男か？」

「いわくつきかどうかは、知りませんけどね。……真っ当な男ではないと聞いてますよ」

「なんという名だ」

「芝蔵さんと聞いてます」

「芝蔵か」

まちがいない、と嘉吉は思った。やはり、寅五郎がしゃべったことは事実である。

「ところで、芝蔵だが、いつも嘉乃にいるのか」

嘉吉が声をあらためて訊いた。

「そこまでは知りませんが、日中もいるときが多いようですよ」

主人が身を引いて言った。物言いが、ぞんざいになった。いつまでも、油を売っているわけにはいかないと思ったようだ。

嘉吉は主人に礼を言って店を出た。それ以上、主人から聞くこともなかったのである。

それから、嘉吉は通り沿いの店に立ち寄って嘉乃や芝蔵のことを訊いたが、新たなことは出てこなかった。

桟橋へもどると、峰次郎が待っていた。

「どうだ、そばでも食いながら話すか」

嘉吉は、まだ昼めしを食ってなかったので腹がへっていた。

「そうしやしょう」

ふたりは、大川端沿いを歩き、手頃なそば屋を目にして暖簾をくぐった。

そば屋は大勢客が入っていたが、追い込みの座敷の隅があいていたので、嘉吉たちはそこに腰を落とした。

小女にそばを頼んでから、

「それで、何か知れたかい」

と、嘉吉が小声で訊いた。近くに、そばをたぐっている客がいたので、話を聞かれないようにしたのである。

「嘉吉兄い、芝蔵は嘉乃にいるようですぜ」

峰次郎が声をひそめて言った。

「そのようだな」

嘉吉は、笠屋の主人から聞き込んだことをかいつまんで話した。

「あっしは、他に気になることを耳にしたんですがね」

そう言って、峰次郎が目をひからせた。

「何を聞き込んだ？」

「ちかごろ、嘉乃に牢人者がふたり出入りしてるらしいんでさァ。それも、夜通しいることが多いそうですぜ」

「小坂たちかな」

小坂や村瀬が出入りしても不思議はない、と嘉吉は思った。

「あっしも、小坂たちじゃァねえかと思ったんだが、どうも、ちがうようなんでさァ。あっしが訊いた大工は、ときおり嘉乃で飲むらしいが、牢人ふたりの名を知ってやした。……名は村山小十郎《むらやまこじゅうろう》と宇田川稲七《うだがわとうしち》。ふたりとも、駒形町界隈じゃァ鼻摘みの徒牢人のようですぜ」

「村山と宇田川な」

初めて耳にする名だった。尽忠党ではないらしい。おそらく、駒形町界隈で幅を利かせている無頼牢人であろう。

「芝蔵は、村山と宇田川を尽忠党の仲間にするつもりですかね」

峰次郎が訊いた。

「そうじゃァねえな。ふたりは、用心棒だぜ」

村山と宇田川は、芝蔵が殺し人から身を守るために金で雇った用心棒ではないか、と嘉吉は思った。日中はともかく夜分、殺し人に嘉乃を襲われるのを恐れて、芝蔵は用心棒を雇ったにちがいない。

第五章　死闘

1

「おれも行くぜ」

朴念が身を起こして声を上げた。

極楽屋の奥の座敷である。燭台の火に、平兵衛、右京、甚六、孫八、それに島蔵の顔がぼんやり浮かび上がっていた。平兵衛たちは、これから芝蔵を始末しに行くのである。

嘉吉と峰次郎は、昨夜のうちに駒形町へ出かけ嘉乃を見張っていた。平兵衛たちが来るのを待っているはずである。

夜更だった。すでに、寅《とら》ノ上刻（午前三時過ぎ）ごろではあるまいか。極楽屋の奥の部屋から男たちの鼾《いびき》や歯ぎしりの音などが聞こえてきた。住人の男たちは、みな眠っているようだ。

平兵衛たちは昨夜のうちに極楽屋に集まり、仮眠をとった後、島蔵が用意した湯漬けで腹ごしらえしたところだった。

「朴念、まだおめえの傷は治りきってねえ。動きまわったら、また傷がひらいちまうぞ」

島蔵が苦笑いを浮かべながら言った。

「元締め、傷は治ったぜ。この通りだ」

そう言って、朴念は腕をまわしてみせたが、急に顔をしかめた。傷が痛かったらしい。

「ほれ、みろ。おめえの出番は、これからだ。今日のところはおとなしくしていて、黒沢たちを殺《や》るときに、手を貸してくれ」

島蔵が窘《たしな》めるように言うと、

「仕方ねえ。極楽屋でのんびりしてるか」

朴念はそう言って、ごろりと横になった。

それから、平兵衛たちは島蔵が淹《い》れてくれた茶を飲んだ後、闘いの支度を始めた。支度といっても襷の細紐を用意したり、刀の目釘を確かめたりするだけである。

「安田の旦那、酒はどうしやす」

孫八が訊いた。

孫八は、平兵衛が真剣勝負で強敵に挑むおり、体が顫《ふる》え出すことを知っていた。その顫えを収め、闘気を高めるために平兵衛は酒を飲む。その酒を用意するか、孫八が訊いたのである。

「いや、いい。飲まずとも、何とかなるようだ」

平兵衛の体は顫えていなかった。それほどの強敵ではない、と体が知っているのだ。それに、今夜は頼りになる仲間が何人もいる。

「そろそろ行きますか」

右京が静かな声で言った。

右京は平静だった。気負いも昂《たかぶ》った様子もない。ふだんとまったく変わりのない表情である。

「まいろう」

極楽屋を出たのは、平兵衛、右京、甚六、それに孫八だった。元締めの島蔵は、滅多なことでは殺しの現場に行かないのだ。

極楽屋の外は満天の星だった。頭上で、十六夜《いざよい》の月が皓々《こうこう》とかがやいている。提灯はなくとも、歩ける明るさである。

平兵衛たちは、島蔵が調達した室田屋の猪牙舟で駒形町まで行く手筈になっていた。船頭役は孫八である。

「乗ってくだせえ」

艫に立った孫八が声をかけた。

すぐに、平兵衛たちは舟に乗り込んだ。

孫八は水押しを大川方面へむけて艪を漕いだ。江戸の町は眠っていた。仙台堀沿いの家並は夜の帳《とばり》につつまれて、黒く沈んでいる。

平兵衛たちの乗る舟は、月光を映じて淡い青磁色にひかる水面をすべるように進んでいく。

「右京、牢人を頼む」

平兵衛が声を大きくして言った。大声でないと、水押しが分ける水音に声が掻き消されてしまうのだ。

「そのつもりです」

「牢人がふたりいたら、わしがもうひとりを相手にしよう。そうなると、芝蔵は甚六に頼むことになるな」

平兵衛は甚六に顔をむけて言った。甚六だけでなく孫八も闘えるので、後れをとるようなことはないはずである。

「まかせておくんなせえ」

甚六が目をひからせて言った。渡世人として、多くの修羅場をくぐってきた男らしい剽悍《ひょうかん》そうな面構《つらがま》えをしていた。

平兵衛たちの乗る舟は大川へ出ると、川上に向かい、駒形堂近くにある桟橋に水押しをむけた。孫八と嘉吉との間で打ち合わせてあり、この桟橋に舟を着けることにしてあったのだ。

桟橋に舟を寄せると、孫八が、

「着きやした」

と、声をかけた。

平兵衛たちは次々桟橋に下り立った。

そのとき、桟橋につづく石段を下りてくる足音が聞こえた。嘉吉だった。月光のなかに、その姿が黒く浮かび上がったように見えた。

「待ってやしたぜ」

嘉吉が平兵衛たちに身を寄せて言った。大川沿いの通りで、平兵衛たちが来るのを待っていたようだ。

「芝蔵は嘉乃にいるな」

平兵衛が念を押すように訊いた。昨日の夕方、芝蔵は嘉乃にいると知らせがあったが、その後、店を出たかもしれないのだ。

「おりやす」

すぐに、嘉吉が言った。

「それで、峰次郎は?」

平兵衛が訊いた。

「嘉乃を見張っていまさァ」

「そうか。……村山と宇田川も店にいるのか」

「いるようで」

嘉吉によると、昨夜、ふたりは店に入ったままで出てこないという。

「村山と宇田川も斬るしかないな」

ふたりがいると見込んで手を打っていたので、懸念はなかった。

「まいりますか」

右京が言った。

「そうだな」

平兵衛は東の空に目をやった。かすかに茜色に染まっている。頭上では星がかがやいていたが、空がいくぶん青さを増し、星のひかりは弱まっていた。後、半刻（一時間）ほどすれば、払暁《ふつぎよう》かもしれない。

2

「こっちでさァ」

嘉吉が先に立って大川沿いの道を歩いた。

町並は夜陰につつまれ、家々から洩れてくる灯もなく、ひっそりと寝静まっていた。足元から大川の流れの音が轟々《ごうごう》と地響きのように聞こえてくる。日中は多くの船が行き交っている大川だが、いまは船影もなく月光を反射《はね》た川面がかすかな青磁色にひかり、無数の波を刻みながら滔々《とうとう》と流れている。

いっとき歩くと、通り沿いの表店の軒下に峰次郎の姿があった。嘉乃を見張っていたらしい。

「安田の旦那、あれが嘉乃でさァ」

峰次郎が斜向かいの店を指差した。

思ったより大きな店だった。二階もある。

東の空はほんのり明らんでいたが、まだ嘉乃は夜の静寂《しじま》につつまれていた。大川沿いの通りに影はなく、大川の流れの音だけがひびいている。

「村山と宇田川は、どこにいるかな」

平兵衛が、嘉乃に目をむけて訊いた。

「はっきりしねえが、一階のどこかで寝てるとみてやすが……」

峰次郎が語尾を濁した。店のなかのことまでは分からないのだろう。

「そうだな。二階には、おえんと芝蔵の寝間がありそうだ」

見たところ、二階は二間である。村山たちの部屋はないだろう。

「裏口もあるのか」

下手に踏み込むと、裏口から逃げられる恐れがある。

「ありやす。店の脇から裏手にまわれやすぜ」

峰次郎が言った。

「裏手は、嘉吉と峰次郎に頼むか。芝蔵が出てきたら、取りかこんで足をとめるだけでいい。他の者は逃がせ」

平兵衛たちの狙いは、あくまでも芝蔵の命である。村山と宇田川の殺しは請けていないのだ。

「承知しやした」

嘉吉が言うと、峰次郎もうなずいた。

「まだ、すこし早いな」

東の空はだいぶ明るくなり、茜色がひろがっていた。上空は青さを増し、星もかがやきを失っている。ただ、軒下や樹陰などは夜の闇につつまれていた。店のなかの闇は深いはずである。

「表戸はあくのか」

平兵衛が訊いた。

「表の格子戸には心張り棒がかってありやすが、なに、すこしたたけばはずれるはずでさァ」

峰次郎が、音はしやすぜ、と言い添えた。

「音はかまわん」

どうせ、踏み込めばそれなりの音をたてるのである。

それから、小半刻（三十分）ほど経った。辺りはだいぶ明るくなり、通りの家々はくっきりと輪郭をあらわし、色彩を取りもどし始めていた。嘉乃の戸口の格子戸も、はっきり見えてきた。どこか遠くで、戸をあける音がした。朝の早い豆腐屋が、仕事を始めたのかもしれない。

「踏み込むか」

「いいころあいですよ」

右京が言った。

「よし、行こう」

「あっしらは、裏手にまわりやす」

嘉吉と峰次郎が小走りに店の脇にまわった。

平兵衛たちは、戸口の格子戸に身を寄せた。店のなかは静かだった。物音も人声も聞こえてこない。まだ眠っているようである。

「あけやすぜ」

孫八が懐から匕首を取り出し、切っ先を格子の間に差し込み、いっとき動かすと、ガタッ、という音がひびいた。心張り棒が土間に落ちたらしい。

孫八が戸を引くと、すぐにあいた。

店のなかは暗かったが、明りがほしいほどではなかった。入ってすぐ土間があり、その先が座敷になっている。屏風で間仕切りがしてあった。追い込みの座敷のようだ。座敷の先に障子がたててあった。そこも座敷になっているらしい。

右手には二階に上がる階段があった。

そのとき、障子の向こうで物音がした。夜具を動かすような音である。だれか、起きだしたようだ。

「おい、だれかいるのか」

ふいに、障子の向こうで男の声がし、つづいて、

「極楽屋の者ではないか！」

と、昂った声がひびいた。

ふたりの声を聞いた平兵衛が、

「村山と宇田川がいるようだ」

と言いざま、腰の来国光を抜きはなった。

右京も抜刀し、追い込みの座敷に踏み込んだ。甚六と孫八は長脇差と匕首を手にし、二階につづく階段へむかった。

障子の向こうで、人の立ち上がる気配がし、ガラリ、と障子があいた。

ふたりの男が姿を見せた。ふたりとも牢人体だった。寝間着姿で、手に大刀を引っ提げている。ふたりとも、咄嗟《とっさ》に寝間着の裾を後ろ帯にはさんだとみえ、両脛があら

わになっていた。

「来たか！」

総髪で、大柄な男が声を上げた。

「返り討ちにしてくれるわ！」

もうひとり、面長で顎のとがった男が甲走《かん》った声を上げた。どうやら、平兵衛たちと闘う気のようだ。

3

平兵衛は、スルスルと総髪の男に身を寄せた。腰を低くし、来国光を八相に構えている。一尺九寸の刀身が銀蛇《ぎんだ》のようにひかり、薄闇を切り裂いていく。

総髪の男がさらに障子をあけて、追い込みの座敷に出た。平兵衛たちを迎え撃つつもりらしい。

「く、くるか！」

総髪の男が声を上げ、青眼に構えた。平兵衛にむけられた切っ先が、震えている。気の昂りで、体が顫えているのだ。

平兵衛につづいて右京も動いた。右京は下段に構えたまま、摺り足で面長の男に迫っていく。

「おのれ！」

叫びざま、総髪の男がいきなり斬り込んだ。牽制《けんせい》も気攻《きぜ》めもなかった。

刀身を振り上げて、真っ向へ。

だが、腰が引け、腕だけ前に突き出すような斬撃だった。鋭さも迅《はや》さもない。

間髪をいれず、平兵衛は刀身を逆袈裟に斬り上げた。

キーン、という甲高い音がし、青火が散って、総髪の男の刀身が跳《は》ね上がった。

次の瞬間、男がよろめいた。勢い余って、体勢がくずれたのである。

スッ、と平兵衛が男に身を寄せ、刀を横に払った。一瞬の太刀捌きである。

平兵衛の一颯《いっさつ》が、男の胴を深くえぐった。

グワッ、という低い呻き声を上げ、男は左手で腹を押さえて前に泳いだ。

男は上がり框の近くで何とか足をとめると、上体を前にかしげたまま振り返った。

まだ、右手に刀を引っ提げている。

男の顔がひき攣り、蟇《ひき》の鳴くような呻き声を上げた。着物の腹部が血に染まり、押さえた手の間から臓腑が覗いている。

男は刀を構えようとした拍子によろめいたが、すぐに足がとまり、両膝を折ってうずくまった。

平兵衛はゆっくりと男に身を寄せた。

「とどめを刺してくれよう」

言いざま、平兵衛は刀を振り上げた。このままにしておいても、男は苦しむだけである。とどめを刺してやるのが、武士の情けであった。

ヤアッ！

短い気合とともに、平兵衛の刀身が一閃した。

にぶい骨音がし、男の首が前に落ちたように見えた次の瞬間、首根から血が赤い帯のようにはしった。首の血管《ちくだ》から血が噴出したのである。

男の首が垂れ下がった。首根から、だらだらと赤い筋になって血が流れ落ちている。平兵衛の一撃が、男の喉皮だけを残して斬首したのだ。

平兵衛は、右京の方へ目を転じた。

右京は逃げようとする面長の男を追っていた。男の肩口から胸にかけて着物が裂け、血に染まっていた。すでに、右京の一撃を浴びたようだ。

面長の男は目をつり上げ、悲鳴を上げて追い込みの座敷へ逃げた。刀を手にしていたが戦意はないらしく、右京に後ろを見せている。

「逃がさぬ」

右京は、男に追いすがった。

男が間仕切り用の衝立《ついたて》の間から土間へ逃げようとしたとき、右京が背後から袈裟に斬り込んだ。

ザックリ、と肩から背にかけて着物が裂け、あらわになった肌から血が噴いた。男は絶叫を上げて、よろめいた。

男は衝立に足をとられて体勢をくずし、前に飛び込むように転倒した、
ヒッイイ、と男は喉の裂けるような悲鳴を上げ、追い込みの座敷を這って、なおも逃れようとした。元結が切れ、ざんばら髪である、肩から背中にかけて着物が裂け、血に染まっている。

右京はすばやい動きで、男の背後に迫り、

「往生際が悪いぞ」

言いざま、男の背に刀を突き刺した。

グッ、と喉のつまったような呻き声を上げ、男は顎を前に突き出すようにして背を

反らした。一瞬、背を反らしたまま身を硬くしたが、すぐに前につっ伏した。

右京が刀身を引き抜くと、血が激しい勢いで迸《ほとばし》り出た。切っ先で、心ノ臓を突いたらしい。

男は低い呻き声を上げ、四肢を動かして立ち上がろうとしたが、首をもたげることもできなかった。男の背中は赤い布でおおったように血に染まっている。

いっときすると、男の四肢が動かなくなった。呻き声も聞こえない。絶命したようである。

「右京、二階へ」

平兵衛は右京に声をかけ、二階につづく階段へ走った。

右京も血刀を引っ提げたまま平兵衛につづいた。


そのとき、甚六は長脇差を芝蔵にむけていた。腰を低くし、切っ先を芝蔵の腹のあたりにつけている。

浅黒い肌が紅潮し、双眸が薄闇のなかで餓狼のようにひかっていた。長脇差一本で街道を渡り歩いてきた渡世人の凄みがある。

芝蔵は寝間着がはだけ、胸や両脛があらわになっていた。手にした匕首を、胸のあたりに構えていた。切っ先が獣の牙《きば》のようにひかっている。芝蔵にも、恐怖や怯えの表情はなかった。盗賊の頭目らしい剽悍さにくわえ、寝込みを襲われた怒りと興奮で手負いの猛獣のような猛々《たけだけ》しさがあった。

おえんは、夜具の向こうに這いつくばい、ヒイヒイと悲鳴とも嗚咽《おえつ》ともつかぬ声を上げていた。髪は乱れて垂れ下がり、赤い襦袢《じゆばん》がはだけて半裸になっていた。乳房や白い太股があらわになっている。

一方、孫八は芝蔵の左手にまわり込んでいた。匕首を前に突き出すように構えている。

「芝蔵、おれが地獄へ送ってやるぜ」

甚六が腰をかがめたまま間合をつめ始めた。

「てめえ！　殺し屋か」

芝蔵が吼えるような声で言った。

「地獄からの使いだよ」

ジリジリと甚六は、芝蔵に迫っていく。

「ちくしょう！　ふたりとも、殺してやる！」

芝蔵が目をつり上げて叫んだ。口をひらき、歯を剝《む》きだしている。肉を抉《えぐ》りとったようにこけた頬とあいまって、般若《はんにゃ》のような形相である。

甚六は長脇差を低く構え、斬撃の間合に踏み込んだ。

「死ね！」

叫びざま、甚六が芝蔵の腹を狙って長脇差を突き出した。鋭い刺撃である。

咄嗟に、芝蔵は後ろに身を引きざま、手にした匕首で甚六の切っ先をはじいた。

だが、芝蔵がよろめいた。後ろへ下がったとき、踵《かかと》を布団の縁にひっかけたのである。

「もらった！」

すかさず、甚六が踏み込み、長脇差で斬りつけた。

たたきつけるような斬撃だった。

一瞬、芝蔵は匕首を振り上げて、甚六の長脇差を頭上で受けた。

にぶい金属音がし、芝蔵の匕首がたたき落とされた。片手では、甚六の強い斬撃を受けきれなかったのだ。

甚六の長脇差が、芝蔵の頭から額《ひたい》にかけて斬り割った。

ギャッ！

凄まじい絶叫を上げ、芝蔵が後ろへよろめいた。バシャッ、と音がし、障子が桟ごと破れた。芝蔵の肩先が当たって突き破ったのだ。

芝蔵の額が柘榴《ざくろ》のように割れ、血が噴き出していた。見る間に芝蔵の顔が赤い布をひろげるように血に染まり、両眼が白く浮き上がったように見えた。

「ち、ちくしょう！」

芝蔵が一声叫び、匕首をかざして狂ったように踏み込んできた。

そこへ、孫八が左手後方から迫り、芝蔵の首筋めがけて、手にした匕首をふるった。

芝蔵の首筋が裂けた。

次の瞬間、血が驟雨《しゅうう》のように飛び散った。バラバラと、障子が降雨に打たれるような音をたてて血に染まっていく。

芝蔵はいっとき血を撒きながら突っ立っていたが、ゆらっと体が揺れ、腰から沈むように転倒した。

畳の上に伏臥した芝蔵は四肢を痙攣させていたが、悲鳴も喚き声も上げなかった。首筋から流れ出る血が畳に落ち、赤い生き物のようにひろがっていく。

おえんはヒイヒイと声を上げ、両腕で頭をかかえ、座敷の隅で這いつくばっている。襦袢が捲《まく》れ、あらわになった白い尻に血が飛び散り、赤い斑《まだら》に染めている。

甚六と孫八は、倒れている芝蔵のそばに近寄ってきた。ふたりとも、気の昂りで顔が紅潮し、目が血走っている。

「始末がついたな」

孫八が言った。声が昂っていた。ひとを斬った興奮が残っているのだ。返り血を浴びた孫八の顔が、赭黒《あかぐろ》く染まっている。

「ざまァねえや」

甚六が、伏臥した芝蔵の腋を爪先《つまさき》でつついた。ピクリとも動かない。芝蔵は絶命したようだ。

そこへ、平兵衛と右京が姿を見せた。平兵衛は血の海になっている座敷に目をやりながら、

「芝蔵を仕留めたようだな」

と、低い声で言った。

「村山と宇田川はどうしやした」

孫八が訊いた。

「わしと右京とで、始末したよ」

平兵衛がそう答えたとき、

「この女はどうしやす」

と、甚六が這いつくばっているおえんに目をやって訊いた。

「殺すまでもあるまい」

平兵衛は、おえんのそばに近付き、

「女、わしらのことを町方に話してもかまわんぞ。だが、芝蔵は尽忠党の頭目だ。町方に話せば、おまえも押し込みの頭目をかくまった咎《とが》で、打ち首獄門はまぬがれまい。それが嫌だったら、やくざ者が踏み込んできて、寝込みを襲われたとでも話すんだな」

そう言い置いて、座敷から出た。おえんは、平兵衛の言ったとおりに、町方に話すだろうと思った。そうしなければ、自分の命がないのである。

右京たちも、後につづいて座敷を出た。階段を下りる平兵衛たちの後を追うようにおえんの泣き声が聞こえてきた。

4

平兵衛が長屋で茶を飲んでいると、戸口に近付いてくる足音が聞こえた。長屋の住人の足音ではないようだ。

足音は腰高障子の向こうでとまり、

「義父上、右京です」

と、声が聞こえた。

「右京か、入ってくれ」

平兵衛が声をかけると、すぐに腰高障子があいて、右京が姿を見せた。

「お休みでしたか」

右京が、平兵衛の脇に置いてある湯飲みを見て言った。

「飲むか」

鉄瓶に、朝餉のおりに沸かした湯があった。まだ、熱いはずである。

「いえ、まゆみに淹れてもらって飲んできましたから」

右京は腰の刀を鞘ごと抜いて、上がり框に腰を下ろした。

「今日は、まゆみを連れてこなかったのか」

「はい、仕事のことで話がありましたので」

右京が小声で言った。仕事とは、殺しのことである。

「小坂の住む借家が知れたのか」

平兵衛が訊いた。

駒形町の嘉乃に踏み込み、平兵衛たちが芝蔵を斬ってから四日経っていた。この間、手引き人の嘉吉、峰次郎、それに孫八もくわわって、本所北本町の小坂と村瀬の住む借家を探していたのだ。

「借家は知れたようですが、小坂しかいないそうですよ」

右京が抑揚のない声で言った。

「小坂を先に討つか」

「それも手ですが、このところ黒沢が長者町の屋敷にもどっているようなのです」

右京によると、嘉吉たちは交替で、長者町にも張り込んでいたという。

「黒沢が、もどっているのか」

「はい、黒沢を先に始末したらどうでしょうか」

どうやら、右京はこのことを言うために、平兵衛の許に来たらしい。

「よかろう」

平兵衛も、黒沢の所在が知れたのなら先に討った方がよいと思った。小坂を討つのは、同居している村瀬が姿をあらわしてからでもいいし、黒沢を討つ前に村瀬の住処を聞き出す手もあるのだ。

「それで、いつやるな」

平兵衛が訊いた。

「明日は、どうですか」

「早いな」

「黒沢は、いつまた姿を消すかしれませんから」

「もっともだ」

平兵衛も、日を延ばさない方がいいと思った。

翌日の午後、平兵衛と右京は神田川にかかる和泉橋のたもとで待ち合わせた。陽が西の空に沈みかけたころ、平兵衛が和泉橋のたもとに行くと、右京と孫八が待っていた。孫八は手に貧乏徳利を提げていた。酒が入っているらしい。

「孫八も来たのか」

平兵衛が声をかけた。

「片桐の旦那から、今日旦那たちで仕掛けると聞きやしてね。念のために、用意したんでさァ」

そう言って、貧乏徳利を差し上げた。

「酒か」

「へい、黒沢を討つ前に、一杯《いっぺえ》やっていただこうと思いやしてね」

孫八が相好をくずして言った。

「すまんな」

平兵衛は、手をひらいて見た。かすかに震えているが、酒を飲むほどではないような気がした。ただ、孫八がせっかく用意してくれたので、黒沢と闘う前に飲ませてもらおうと思った。

「まいろうか」

平兵衛たちは歩きだした。

七ツ（午後四時）を過ぎていたが、柳原通りは賑わっていた。様々な身分の老若男女が行き交っている。通り沿いに並ぶ古着を売る床店にも客が大勢たかっていた。

平兵衛たちは、和泉橋を渡り、外神田に出てから、御徒町《おかちまち》の武家地を抜けて長者町に出た。

長者町に入ってしばらく歩くと、家並の先に枝葉を茂らせている楠の大樹が見えた。黒沢家へ向かういい目印になる。

町家のつづく路地を歩き、平兵衛たちは楠の前まで来た。斜向かいが、黒沢の住む屋敷である。

陽は家並の向こうに沈んでいた。すでに、暮れ六ツ（午後六時）を過ぎている。路地は人影もなくひっそりとしていた。楠の樹陰には、淡い夕闇が忍び寄っている。

平兵衛たちは、黒沢の屋敷をかこった板塀のそばまで近付いてみた。家のなかからかすかな物音が聞こえた。廊下を歩く足音かもしれない。

「だれか、いるようだな」

平兵衛が小声で言った。

「黒沢ですぜ。この家には、黒沢しか住んでないようでさァ」

孫八によると、いまは奉公している下女も下男もいないそうだ。黒沢はほとんど屋敷にいないので、雇う必要もないのであろう。禄を得ているが、牢人と変わらぬ暮らしにちがいない。

「黒沢を庭に引きだしたいな」

庭は剣術の稽古場であった。いまは、雑草におおわれているが、それでも立ち合うにはいい場所である。

「安田の旦那、そろそろやりやすか」

孫八が、貧乏徳利を差し出した。

「もらうか」

平兵衛の手がかすかに震えていた。黒沢との闘いを前にして、体がいくぶん興奮しているのだ。

平兵衛は栓を抜くと、貧乏徳利をかたむけ、喉を鳴らして一合ほど一気に飲んだ。乾いた大地が水を吸うように、酒が臓腑《ぞうふ》に染みていく。

さらに、平兵衛は三合ほどの酒を飲んだ。いっときすると、酒気が体全体にまわり、老体に活力がみなぎり、全身に闘気が満ちてきた。

手の震えはとまっている。

「これで、存分に闘えそうだよ」

平兵衛は貧乏徳利を孫八に渡した。

右京は平兵衛が酒を飲む様子を笑みを浮かべて見ていた。右京は、平兵衛が強敵との闘いを前に酒を飲み、闘気を高めることを知っていたのだ。

5

……血を流したような夕焼けだ。

黒沢は西の空に目をやってつぶやいた。

辺りは淡い暮色に染まっていたが、西の空には残照がひろがっていた。血を思わせるような赤い夕焼けである。

黒沢は台所から貧乏徳利と湯飲みを持ってきて、居間に腰を下ろしたところだった。あいたままの障子の間から、西の空にひろがった残照が見えたのだ。居間は薄暗かったが、まだ行灯に火を入れるほどでもない。

屋敷のなかは、ひっそりとしていた。妻が死んだ後、黒沢は家をあけることが多くなり、奉公人もいなくなった。空き家のような静寂と殺伐とした空気が屋敷のなかにただよっている。

黒沢は障子の間から見える庭に目をやりながら、

……だいぶ、荒れたな。

と、つぶやいた。道場として使っていた庭は雑草につつまれ、その先に見える植木もぼさぼさに枝葉を伸ばしていた。

黒沢は湯飲みについだ酒をゆっくりとかたむけた。酒が臓腑に染みていく。黒沢の脳裏に、練兵館で稽古をしていたころのことや、庭の道場で近所の子弟を集めて稽古をしていたころのことがよぎった。

黒沢は御家人の次男に生まれ、少年のころから練兵館に通って剣術の稽古をつづけた。冷や飯食いだったこともあり、父親が黒沢に剣術で身を立てさせようとして道場に通わせてくれたのだ。

黒沢は剣術が好きだった。そこそこ天稟《てんぴん》もあったらしく、数年すると同年代の門弟のなかでは出色の遣い手になった。そして、二十二、三歳のころ、黒沢は本気で剣術で身を立てようと思うようになった。ところが、黒沢家を継ぐことになっていた嫡男が、病気で急逝《きゅうせい》したため黒沢が急遽《きゅうきょ》家を継ぐことになった。家を継いで間もなく、黒沢は練兵館をやめた。御徒衆《おかちしゅ》に出仕の話があったからである。

ところが、二年近くも待ったが、御徒衆の出仕はかなわなかった。後で分かったことだが、別の非役の御家人から御徒頭への働きかけがあり、その御家人が御徒衆として出仕したという。

その二年の間に、黒沢の境遇は激変した。妻を娶《めと》り、父に死なれたのである。しかも、練兵館をやめたこともあり、連日屋敷内で無聊《ぶりょう》を慰める日々がつづいた。

そのようなおり、黒沢は、

……道場をひらくか。

と、思いたった。自分の身についているものは剣術だけだし、このまま非役で目的のない日々を過ごすのは堪え難かったのである。

そうはいっても、道場を建てるような資金はないし、援助者もいない。そこで、黒沢は自邸の庭を使って、近隣の子弟を集めて指南することにしたのである。

近隣の武家は黒沢が練兵館で修行したことを知っていたので、何人かの若者が集まり、黒沢の指南を受けるようになった。

そのようなおり、小坂が道場にあらわれた。小坂は黒沢家の前を通りかかり、竹刀を打ち合う音を耳にして、覗いてみたらしい。そして、十人ほどの男が剣術の稽古をしているのを見て立ち寄ったのだ。

ぶらりと入ってきた小坂は、黒沢の前に立つと、

「おれにも、指南してくれんか」

と、口元に薄笑いを浮かべて言った。

……こやつ、道場破りか。

黒沢は思ったが、ただの腕試しだろう、と思いなおした。道場もなく庭を使っての稽古なので、立ち合いに勝ったとしても、道場を破ったとは言えないだろう。

小坂は強かった。何人かの門弟が立ち合ったが、まったく歯が立たなかった。最後に、黒沢が小坂と立ち合うことになったが、

「竹刀で打ち合ってみても、つまらん。おれが、おもしろいものを見せてやろう」

小坂はそう言って、横雲の剣を遣ったのだ。

黒沢は太腿《ふともも》をしたたか打たれた。小坂が下段から撥ね上げた竹刀をかわせなかったのである。

黒沢は小坂の横雲の剣に驚嘆し、あらためて小坂から話を聞くと、決まった住居はなく、流浪《るろう》の身だという。

「屋敷内にとどまって指南してくれ」

黒沢は、懇願《こんがん》した。小坂と稽古することで、門弟だけでなく己の剣を高めることができると踏んだのである。

小坂は承知し、食客として道場にとどまることになった。ところが、小坂はほとんど稽古にくわわらなかった。屋敷内にいるときは、寝ているか、稽古を眺めているかだった。屋敷を出ると、道場破りをしたり、金のあるときは、賭場などにも出かけているようだった。

自邸での道場は、うまくいかなかった。年とともに、ひとり減りふたり減りして、ときにはひとりも姿をみせず、稽古もできない状態になった。武士としての志《こころざし》のある者は、名のある剣術道場に行きたがり、名もなく道場すらないところで、剣を修行しようとする者はまれだったからである。

そのようなおり、小坂はふらりと屋敷を出たままもどらなくなった。後で分かったことだが、賭場の用心棒として貸元が用意した塒で寝起きするようになったのだ。

黒沢は道場が立ち行かなくなると、意を決し、幕府に建白書を提出した。黒沢は、かねがね旗本や御家人が武術より算盤《そろばん》を重んじるような軟弱さを憂えていた。しかも、日本各地の近海に異国船があらわれ、いつ夷狄《いてき》に侵略されてもおかしくないという国難のときなのだ。

黒沢は幕府の力で江戸に大規模な武芸指南所を設立し、旗本や御家人の子弟に武術を身につけさせるべきだと訴えたのである。その建白書には、「尽忠報国之士」という言葉が、何度も使われていた。

だが、公儀からは何の反応もなかった。黒沢の建白書は、無視されたのである。

黒沢が失意の日々を過ごしているおり、妻が病死した。黒沢は悶々《もんもん》と日を過ごしていたが、しだいに屋敷に籠っているのが嫌になり、吉原や柳橋の料理屋などに出かけるようになった。ところが、貧乏御家人である黒沢に遊蕩《ゆうとう》に使う金などなく、辻斬りでもやるか、と思うようになった。

そんなとき、ひょっこり小坂があらわれ、

「いくらでも、金になる。練兵館をこえるような道場を建てることもできるぞ」

そう言って、芝蔵に会わせたのである。

……あと、数百両あれば、何とかなるかな。

黒沢は、湯飲みを手にしたままつぶやいた。もう一度、大店に押し込めば、道場を建てるだけの金が手に入るだろう。

黒沢は胸の内で道場の名まで決めていた。「忠士館《ちゅうしかん》」である。

6

「ころあいだな」

平兵衛が西の空に目をやって言った。

西の空には、残照がひろがっていたが、上空は藍色《あい》を帯びていた。辺りは淡い夕闇につつまれている。

平兵衛は来国光の目釘だけを確かめた。今日は、仕事着にしている筒袖に軽衫姿で来ていたので、闘いの支度はいらなかったのである。

右京は小袖に袴姿で二刀を帯びていたが、闘いの支度はしなかった。ここは平兵衛にまかせるつもりなのである。ただ、平兵衛があやういと見れば、加勢するだろう。

「旦那、門はあいてやすぜ」

孫八が言った。

両開きの門だったが、門扉がすこしあいたままになっていた。閂《かんぬき》はかってないらしい。独り暮らしの黒沢は、面倒なので門扉をすこしあけたままにしているようだ。

平兵衛たち三人は門扉をさらにあけ、玄関先にまわった。玄関の引き戸はしまっていた。平兵衛が手をかけて引くと、簡単にあいた。道場をひらいていたこともあって、戸締まりに気を使っていないらしい。

平兵衛は土間に踏み込んだ。右京と孫八は入らず、戸口の外に立っている。

土間の先は狭い板敷きの間になっていた。正面に廊下があり、右手が座敷になっているらしく、障子が立ててある。床を踏むような物音がした。障子の立ててある座敷のさらに先の座敷かもしれない。

「黒沢八九郎、姿を見せろ!」

平兵衛が声を上げた。

ハタと、物音がやんだ。戸口の気配をうかがっているのか、物音も人声も聞こえてこなかった。屋敷は深い静寂につつまれている。

「安田平兵衛だ」

平兵衛が名乗った。ここまで来れば、名を隠す必要はないのである。

すぐに、障子をあける音がし、つづいて廊下を歩く足音が聞こえた。姿を見せたのは長身の武士だった。左手に大刀を引っ提げている。胸が厚く、どっしりとした腰をしていた。長年の修行で鍛《きた》えた体である。

「極楽屋の者か」

黒沢が平兵衛を見すえて言った。

鋭い眼光である。怯えや異常な気の昂りは見られなかった。剣の遣い手らしい覇気と落ち着きがある。

「極楽ではない。地獄から迎えにきたのだ」

平兵衛を刀の柄に右手をかけて言った。

「おれを斬るつもりか」

「いかにも」

「年寄りに、斬れるかな」

黒沢の口許に揶揄するような笑いが浮いたが、目は笑っていなかった。鋭い目差で平兵衛を見すえている。

「表がよかろう。道場での立ち合いだ」

そう言うと、平兵衛は後じさり、戸口から外へ出た。

黒沢はゆっくりとした動きで土間に下りた。素足のままである。

戸口を出た黒沢は、右京と孫八の姿を見て、

「三人で騙し討ちか」

と、顔に怒りの色を浮かべて言った。

「おれたちは、検分役だ。道場での立ち合いなら、検分役が必要であろう」

右京はそう言って、後じさった。

平兵衛と黒沢は、四間ほどの間合をとって対峙《たいじ》した。ふたりは、まだ抜刀していなかった。左手で鯉口《こいぐち》を切り、右手を柄に添えている。抜刀体勢をとったままである。

「黒沢、立ち合う前に訊いておきたいことがある」

平兵衛が言った。

「なんだ」

「うぬほどの者が、なにゆえ夜盗などに身を堕したのだ」

平兵衛は、黒沢が遊興のために商家へ押し入って金を強奪しているのではないとみていた。

「この国のためだ」

黒沢が語気を強めて言った。

「国のために商家に押し入り、何の罪もない者を斬り殺し、金を奪うのか」

平兵衛の声は静かだが強いひびきがあった。

「国のためには、多少の犠牲もやむをえない。われらは、うぬらのように私欲で金を欲しているのではないぞ。……ちかごろの旗本と御家人を見るがいい。夷狄どもが近海にあらわれ、国難が目の前に迫っているというのに、武芸より遊芸、刀槍より算盤。武士とは思えぬ腰抜けどもばかりではないか。おれは、公儀に建言したのだ。湯島の昌平坂《しょうへいざか》学問所のような武芸指南所を開設するようにとな。ところがどうだ。幕閣どもは、おれの建言など歯牙《しが》にもかけなかった。……ならば、おれの力で、武芸指南所を開設する他ないと思ったのだ。……われらは盗賊ではない。この国のために、富裕な商人から軍資金を調達しているだけだ」

黒沢が一気にしゃべった。顔が紅潮し、双眸に狂気を感じさせるようなひかりが宿っていた。声には、おのれの弁に酔っているような昂《たかぶ》ったひびきがある。

「勝手な言い草だな」

平兵衛は、なぜ黒沢が尽忠報国之士と記した紙片を押し入った先に置いていったのか、その理由が分かった。だが、勝手な言い草だった。結局のところ、自邸でひらいていた道場がうまくいかず、幕府にも相手にされなかっただけではないか。そんな理屈で、身内を殺され、金を奪われた方はたまらないだろう。

「うぬらには、われらの憂国の思いは分かるまい」

黒沢が双眸をひからせて言った。

「いずれにしろ、わしの仕事はうぬを斬ることだ」

「斬れるかな」

「斬る前に、もうひとつ訊いておきたいことがある。……村瀬も、うぬと同じ思いで尽忠党にくわわったのか」

平兵衛は、村瀬の住居を聞き出したかったのだ。

「そうだ」

「村瀬は、この屋敷にいないのか」

「己の家がある」

「本所北本町か」

「いや、番場《ばんば》町だ」

黒沢は、問答は、もうたくさんだ、と言いざま抜刀した。

「まいる！」

平兵衛も抜いた。

7

平兵衛と黒沢の間合は、およそ四間だった。まだ、斬撃の間合からは遠い。

平兵衛は逆八相に構えた。虎の爪を遣うつもりだったのである。

一方、黒沢は青眼に構えていた。腰の据わった構えで、切っ先がピタリと平兵衛の目線につけられていた。背筋の伸びた道場主らしい見事な構えである。

……なかなかの遣い手だ。

と、平兵衛はみてとった。

平兵衛にむけられた黒沢の剣尖には、そのまま目に迫ってくるような威圧があった。黒沢の体が、剣尖の先に遠ざかったように見える。剣尖の威圧で、間合が遠く感じられるのだ。

ズッ、ズッ、と黒沢が爪先で雑草を分けながら間合をつめてくる。間合がせばまるにつれ、黒沢の全身に気勢が満ち、斬撃の気配が高まってくる。

平兵衛は動かなかった。気を鎮めて、虎の爪をはなつ機をうかがっている。と、黒沢の切っ先が揺れた。爪先が雑草を踏み、わずかに体勢がくずれたのだ。この一瞬の隙を平兵衛は逃さなかった。

イヤァッ！

裂帛《れっぱく》の気合を発しざま、黒沢の正面へ疾走した。

迅《はや》い！

虎の爪の迅速かつ果敢な寄り身である。

一瞬、黒沢の顔に驚愕の表情が浮いた。突如、疾走してきた平兵衛に驚いたようだ。

だが、黒沢はすぐに表情を消し、わずかに剣尖を上げた。平兵衛の逆八相からの斬撃に対応したのである。

平兵衛は一気に斬撃の間境に迫った。

黒沢は身を引かなかった。平兵衛が斬撃の間境を越えるや否や、

タアッ！

鋭い気合を発し、真っ向へ斬り込んできた。

間髪をいれず、平兵衛が刀身を撥《は》ね上げ、黒沢の斬撃をはじいた。虎の爪の初太刀

である。

キーン、という甲高い金属音がひびき、夕闇のなかに青火が散り、黒沢の刀身が跳ね上がった。

一瞬、黒沢の体勢がくずれた。平兵衛の斬撃に押されたのである。

だが、平兵衛の二の太刀も鋭さに欠けた。黒沢の斬撃が強く、撥ね上げた刀身を返す太刀が一瞬遅れたのだ。

バサッ、と黒沢の着物が肩から胸にかけて裂けた。あらわになった胸に血の線が浮き、ふつふつと血が噴いた。だが、虎の爪本来の鎖骨や肋骨を截断するような斬撃ではなかった。切っ先がとどかなかったのである。

平兵衛が二の太刀をふるった次の瞬間、黒沢は背後に大きく跳んだ。平兵衛もすばやく身を引いた。

ふたりは大きく間合をとってから、ふたたび逆八相と青眼に構えあった。

黒沢の顔がゆがんだ。驚きと恐怖の入り交じったような顔である。

「一歩、踏み込みが足りなかったな」

平兵衛が低い声で言った。

黒沢を見すえた平兵衛の顔が豹変していた。頼りなげな老爺の顔ではない。顔がひきしまり、双眸が炯々《けいけい》とひかっている。人斬り平兵衛と恐れられた凄腕の殺し人の面貌《おもて》である。

「おのれ！」

黒沢の顔から驚きや恐怖の色は消えていた。顔が紅潮し、目がつり上がっている。手負いの猛獣のような顔である。

黒沢の肩先から血が流れ出ていた。裂けた着物が、蘇芳《すおう》色に染まっている。

「いくぞ！」

今度は、平兵衛が摺り足で間合をつめ始めた。

対する黒沢は動かなかった。平兵衛の動きをとらえて仕掛けようとしているのだ。

ふたりの間合が三間半ほどに迫ったとき、突如、平兵衛の全身に斬撃の気がはしり、その体が膨れ上がったように見えた。

イヤアッ！

裂帛の気合を発し、平兵衛が疾走した。

逆八相に構えた来国光の刀身が銀色《しろがねいろ》にひかり、夕闇のなかをすべるように黒沢に迫っていく。

平兵衛が斬撃の間境に踏み込む寸前、黒沢が後じさった。平兵衛の果敢な寄り身に押されたのである。

さらに、平兵衛が踏み込んだ。

黒沢が身を引く。

次の瞬間、平兵衛が鋭い気合とともに斬り込んだ。

逆八相から袈裟へ。まさに、迅雷のような斬撃だった。

刹那、黒沢が上半身を横にかしげた。刀身で受ける間はないとみて、体が反応したようである。

にぶい骨音がし、黒沢の右腕がだらりと垂れ下がった。着物の裂けた二の腕から血が迸り出ている。

平兵衛の虎の爪の一撃が肩ではなく、黒沢の右腕をとらえたのだ。黒沢が咄嗟に上半身を横に倒したためである。

平兵衛の虎の爪の一撃は、黒沢の右の上腕の骨肉を深く截断していた。

グッ、と喉のつまったような呻き声を上げ、腰から引くように黒沢は後じさった。

右腕は垂れ下がったままである。迸り出た血が袖を赤く染め、手の先からダラダラと流れ落ちていた。黒沢の顔は、驚愕と恐怖にゆがんでいる。

だが、黒沢は刀を離さず、左手で引っ提げていた。まだ、闘いの本能は残っているようだ。

平兵衛が、なおも斬撃をくわえようと踏み込んだ瞬間だった。

「勝負、あずけた!」

叫びざま黒沢が反転し、駆けだした。

が、黒沢の足はすぐにとまった。眼前に右京が立っていたのである。

「逃がさぬ!」

右京が低い声で言った。

無表情だったが、黒沢を見つめた目は切っ先のように鋭くひかっていた。

右京は青眼に構え、切っ先を黒沢の喉元につけていた。ゆったりとした力みのない構えである。

「そ、そこを退け!」

黒沢はつっ立ったまま、左手だけで刀を振り上げた。

凄まじい形相《ぎようそう》だった。目がつり上がり、ひらいた口から歯が覗いていた。体が揺れている。

右京は無言のまま爪先で雑草を分けながら、間合をつめ始めた。

オオリャア!

突如、黒沢はけたたましい獣の咆哮のような気合を発し、踏み込みざま斬り込んだ。斬り込んだと言っても、左手だけでつかんだ刀を振り下ろしただけである。

スッ、と右京は右手に踏み込みざま、刀身を横に一閃させた。流れるような体捌きからの斬撃だった。

次の瞬間、黒沢の首がかしいだ。その首根から、血が驟雨のように飛び散った。右京の切っ先が黒沢の首の血管《ちくだ》を斬ったのである。

黒沢は血を撒き散らしながらよろめき、雑草に足をとられて前につんのめった。叢《くさむら》に伏臥《ふくが》した黒沢は四肢をもそもそと動かしていたが、悲鳴も呻き声も上げなかった。すでに、意識はないのかもしれない。

首筋から噴出する血が雑草のなかで、シュルシュルと音をたてていた。蛇でも這っているような音である。

右京は倒れている黒沢の脇に立ち、刀身に血振《ちぶ》り（刀身を振って血を切る）をくれてから、刀を鞘に納めた。わずかに白皙が紅潮していたが、ほとんど表情は変わらなかった。

そこへ、平兵衛と孫八が近寄ってきた。

「わしとしたことが、黒沢を逃がすところだったよ」

平兵衛が言った。

「いえ、すでに安田さんの手で、黒沢は仕留められていました」

右京が静かな声音で言った。

「長居は無用だ。引き上げよう」

平兵衛たち三人は、すぐにその場から去った。

黒沢屋敷は、濃い夕闇につつまれていた。黒沢の死体が闇のなかに横たわり、血の濃臭がただよっている。

第六章　妙　剣

1

「右京さま、今夜も遅いのですか」

まゆみが、不安そうな顔で訊いた。

右京は剣術の指南で遠出するので、帰りが遅くなるとまゆみに話したのだ。

右京は尽忠党の始末を引き受けたときから、帰宅が夜遅くなることが多くなった。ときには、朝帰りになることもあった。ただ、右京はかならず今夜は遅くなるとか、帰りは朝になるかもしれぬとまゆみにことわって長屋を出ていた。

それに、平兵衛が右京の家を訪ね、

「このところ、右京は出稽古が忙しいようだ。ときには、遠方に行かねばならぬから、まゆみもひとりになる夜があろう。戸締まりを忘れぬようにな」

と話してくれたので、まゆみも右京の話を信じているようだった。それでも、まゆみは右京の身を案じて、不安に駆られるらしい。

「今夜は遅くなるが、遠方への出稽古は今日で終わりだ。明日からは、暗くなる前に家へ帰れるようになる」

右京が言った。

今夕、右京たちは小坂の住む北本町の借家に出かけ、小坂と村瀬を斬ることになっていた。それというのも、昨日、嘉吉がぼてふりの格好をして右京の許にあらわれ、右京を長屋から連れ出し、

「明日、極楽屋へ来てくだせえ」

と、伝えたのだ。ぼてふりの格好をして来たのは、まゆみや長屋の住人に不審を抱かせないためである。

「何かあったのか」

右京が訊いた。

「村瀬が小坂の家に来てやす」

嘉吉によると、一昨日《おととい》の夜、北本町の借家を見張っていた峰次郎が、村瀬らしき武士が借家に入るのを目にしたという。

「まだ、村瀬は北本町の借家にいるのか」

村瀬は立ち寄っただけで、すぐに借家を去るかもしれないのだ。

「いますぜ」

嘉吉によると、峰次郎と孫八が借家を見張り、何か動きがあれば極楽屋に知らせることになっているという。

「それに、村瀬が借家を出れば、ふたりのうちどちらかが、跡を尾けることになっておりやす」

嘉吉が言い添えた。

「そうか」

村瀬が借家を出ても、行き先がつきとめられれば、小坂を始末してもいいのである。

そうした経緯があって、右京はひとまず極楽屋へ行き、あらためて北本町へむかうことになったのだ。

「まゆみ、行ってくるぞ」

そう言い置いて、右京は長屋を出た。

陽はだいぶ高くなっていた。五ツ半（午前九時）ごろであろうか。

極楽屋には、島蔵と朴念がいた。ふたりは、店の飯台のまわりに置かれた空き樽に腰を下ろしていた。まだ、平兵衛の姿はなかった。

「安田どのは?」

右京は島蔵に訊いた。

「おっつけ姿を見せるはずでさァ。安田の旦那にも、知らせてありやすからね」

「そうか」

「片桐の旦那、腹ごしらえは安田の旦那がみえてからにしやすか」

島蔵が訊いた。

「そうしてくれ」

「茶でも淹れやしょう。朴念も飲むかい」

島蔵が、かたわらに腰を下ろしている朴念に訊いた。

朴念の傷は、だいぶ癒えていた。まだ、肩に晒《さらし》を巻いていたが、歩きまわれるようになっていた。

「頼む」

朴念は、島蔵が板場に入ると、あらためて右京に顔をむけ、

「今度はおれも行くぜ」

と、声をひそめて言った。

「手甲鈎は遣えるのか」

右京は、まだ手甲鈎を遣うのは無理ではないかと思った。

「腕をふりまわすと痛いが、殺し料をもらった手前、おれだけ極楽屋でのんびり寝ているわけにはいかねえ。……なに、すこし痛いだけだ。それに、いつまでも動かさねえと腕がなまっちまうからな」

「好きにするさ」

尽忠党にかかわる件は、小坂と村瀬も斬れば始末がつく。朴念としては、何もしないで終わってしまっては、肩身がせまいのであろう。

島蔵が淹れてくれた茶を飲んでいると、平兵衛が姿を見せた。いつもと変わらぬ筒袖に軽衫姿である。腰に来国光を帯びている。

島蔵は平兵衛にも茶を出し、

「安田の旦那、菜めしにしやすか、茶漬けにしやすか」

と、訊いた。

「ふたりと同じでいいが」

そう言って、平兵衛は右京と朴念に目をやった。

「ふたりは、茶漬けでさァ」

「わしも、茶漬けにしよう」

「すぐに支度しやすぜ」

そう言って、島蔵は板場にもどった。

「安田の旦那、おれも行くぜ」

すぐに、朴念が言った。

平兵衛は驚いたような顔をして、朴念の肩先に目をやったが、

「無理をするなよ」

と、言っただけだった。朴念の胸の内が分かったからであろう。

平兵衛たちが、茶漬けで腹ごしらえをして立とうとすると、

「安田の旦那、酒は嘉吉に持たせやしたから」

と、島蔵が声をかけた。

島蔵も、平兵衛が殺しの仕事にかかる前、相手が強敵だと酒を飲んで闘気を高めることを知っていたのだ。

平兵衛、右京、朴念の三人が店から出ると、戸口で嘉吉が待っていた。嘉吉は平兵衛に貧乏徳利を差し上げて見せた。たっぷり酒が入っているらしく、重そうである。

平兵衛は歩きながら、そっと手をひらいて見た。

……震えておる。

指がかすかに震えていた。体が、強敵との闘いに反応しているのだ。

2

陽は沈みかけていた。西の空が茜色に染まっている。平兵衛たちは、島蔵が調達しておいた猪牙舟で、北本町へ行くことになっていた。

平兵衛たちが舟に乗り込むと、

「舟を出しやすぜ」

と、船頭役の嘉吉が声をかけた。

平兵衛たちの乗る舟は、仙台堀を大川にむかって進んでいく。

「安田さん」

右京が平兵衛に声をかけた。

「なにかな」

「小坂の遣う横雲に勝てますか」

右京の顔はいつになくけわしかった。横雲が、いかにおそろしい剣か知っているからである。

「分からぬ、やってみねば」

平兵衛は虎の爪と互角ではないかとみていた。

「わたしに立ち合わせてもらえませんか」

右京が真剣な顔で言った。

「それはできぬ」

平兵衛は、静かだが強いひびきのある声で言った。

「……………」

「わしは、一度、横雲と立ち合っている。剣に生きる者として、小坂と決着をつけたいのだ」

平兵衛の胸の内には、剣客として小坂と勝負したい気もあったが、それより右京と小坂を勝負させたくなかったのだ。平兵衛は、右京の剣より小坂の遣う横雲の剣の方が勝っているとみていた。互角の条件で立ち合えば、右京が後れをとる。まゆみのためにも、右京を死なせたくなかったのだ。

「分かりました。……ですが、安田さんが危ういとみれば、助太刀に割ってはいります」

「うむ……」

「殺し人は剣の勝負より、敵をいかに斬るか。それが殺し人として生き抜く術だと思いますが」

右京が、いつになく真剣な目差で平兵衛を見つめながら言った。

「右京の言うとおりだな」

平兵衛は口許に苦笑いを浮かべた。日頃、平兵衛が思っていることを右京が口にしたのである。

やがて、舟は大川へ入り、水押《みお》しで川面を分けながら遡り始めた。大勢の通行人が行き交っている両国橋の下をくぐり、左手に浅草御蔵が迫ってきたところで、舟は右手の本所へ水押しをむけた。

すぐに、本所の家並が迫り、前方にちいさな桟橋が見えてきた。

「あの桟橋へ着けやすぜ」

嘉吉が声をかけ、竹町の渡し場の手前にあったちいさな桟橋に舟を着けた。

平兵衛たちは、舟から桟橋に飛び下りた。嘉吉は舫い杭に舟を繋いでから舟を下り、

「こっちでさァ」

と言って、先に立って歩きだした。

大川沿いの道を川上にむかっていっとき歩くと、こちらに向かって走ってくる男の姿が見えた。峰次郎である。

「だ、旦那、待ってやしたぜ」

峰次郎が荒い息を吐きながら、旦那たちの乗る舟が見えたので、走ってきやした、と言い添えた。

「それで、小坂と村瀬はいるのか」

平兵衛が訊いた。そのことが、気になっていたのである。

「おりやす」

峰次郎が口早に話したことによると、小坂と村瀬は七ツ（午後四時）前に家を出たが近所の一膳めし屋に半刻（一時間）ほどいただけで、いまは家にもどっているという。

「酒は、ほどほどで切り上げたのだな」

と、朴念が口をはさんだ。

「わしらのことを警戒してるのかもしれんな」

平兵衛も、小坂たちは酔うほど酒を飲まずに家へ帰ったのだろうと思った。

「孫八は？」

平兵衛が訊いた。

「借家を見張っておりやす」

「わしらも行こう」

平兵衛たちは、峰次郎の後についた。

大川沿いの通りには、ちらほら人影があった。仕事帰りの出職の職人、ぼてふり、船頭などが足早に通り過ぎていく。

そろそろ暮れ六ツ（午後六時）の鐘が鳴るころであろうか。上空はまだ青かったが、陽は大川の対岸の浅草の家並の先に沈んでいた。西の空は、茜《あかね》色の夕焼けに染まっている。

「安田の旦那、あの板塀をまわした家でさァ」

峰次郎が、路傍に足をとめて前方を指差した。

半町ほど先に、板塀をめぐらせた仕舞屋《しもたや》があった。家の手前は空き地らしく、笹藪になっていた。向こう隣は八百屋らしい。

「笹藪の陰に、孫八さんはいやすぜ」

峰次郎が言った。

平兵衛たちが空き地のそばまで行くと、笹藪の陰にいる孫八の姿が見えた。すぐに、平兵衛たちも笹藪の陰にまわった。

「どうだ、動きはないか？」

平兵衛が訊いた。

「小坂と村瀬は家にいやすぜ」

「そうか」

平兵衛が笹藪の間から仕舞屋の方へ目をやったとき、対岸の浅草寺の暮れ六ツの鐘が鳴った。笹藪の陰には淡い夕闇が忍び寄っている。あと、小半刻（三十分）もすれば、薄暗くなるだろう。

笹藪の向こうに、家の戸口と古い板塀が見えた。小体な家だった。間取りは座敷が二間と台所だけであろうか。

……ふたりを外へ引き出すしかないな。

平兵衛は、家のなかで斬り合いたくなかった。他人の家に踏み込むと、敵が身をひそめていて不意打ちを喰らう恐れがある。それに、平兵衛の遣う虎の爪は、家のなかでは遣いづらいのだ。

引き出すとすれば、家の前の通りか脇の空き地であろう。ただ空き地は狭すぎた。

それに笹が茂り、立ち合うのは無理である。となると、人通りが途絶えてから、通りでやるしかないようだ。

平兵衛はあらためて通りに目をやった。まだ、人影はあったが、まばらである。向こう隣の八百屋は店仕舞いし始めていた。親爺らしい男が、店先に並べられた青物をしまい込んでいる。

……小半刻もすれば、人影も途絶えよう。

平兵衛は、家の前の通りへふたりを引き出そうと思った。

そのとき、平兵衛は己の手の震えが激しくなっているのに気が付いた。顔の前に、手をひらいてみると、五本の指が小刻みに震えていた。手だけではなかった。肩先も足も、体全体が顫えている。

……体まで、顫えておる。

平兵衛の体が小坂が強敵であることを訴えているのだ。

「安田の旦那、これを」

嘉吉が提げてきた貧乏徳利を差し出した。嘉吉も、平兵衛の体が顫えているのを見たのである。

「もらおうか」

平兵衛は貧乏徳利を受け取ると、すぐに栓を抜いた。

平兵衛は貧乏徳利に口を付け、ゴクゴクと喉を鳴らして、二合ほどの酒を飲んだ。一息つき、さらに二合ほど飲んだ。

酒が臓腑に染み渡っていく。いっときすると、こわばっていた平兵衛の顔に朱が差し、血潮が体を熱くし、闘気が湧いてきた。全身に気勢がみなぎり、丸まっていた平兵衛の背が伸びたように見えた。強敵を恐れぬ豪胆さが、平兵衛の肚《はら》に満ちてきたのだ。

平兵衛はあらためて己の手をひらいてみた。震えはとまっている。

……横雲は、わしがやぶる！

平兵衛は、胸の内で声を上げた。

3

大川端は、夕闇に染まっていた。川沿いの通りの人影も途絶え、ときおり居残りで仕事をしたらしい職人ふうの男や仕事帰りに一杯ひっかけたらしい船頭などが、通るだけである。

上空は藍色を帯び、対岸の浅草の家並が濃い夕闇のなかに黒く沈んだように見えていた。

大川は暗く荒涼としていた。ふだんは、多くの船が行き来しているのだが、いまは船影もなく、黒い無数の波の起伏をきざみながら両国橋の彼方までつづいている。聞こえてくるのは、地鳴りのような流れの音だけである。

「そろそろ仕掛けよう」

平兵衛が笹藪の陰から通りへ出た。

右京、朴念、孫八、峰次郎の四人がつづいた。

戸口は引き戸になっていた。平兵衛が手をかけて引くと、簡単にあいた。

敷居をまたぐと、狭い土間があり、わずかばかりの板敷きの間があって、その先に障子がしめてあった。

右京だけが平兵衛につづいて踏み込み、朴念たちは戸口から離れていた。土間は狭く、大勢踏み込めなかったのだ。

「だれだ！」

すぐに、障子の向こうで男の声がした。引き戸をあけた音を耳にしたのだろう。

「極楽屋の者だ」

平兵衛が応えた。

「来おったか！」

甲走った声がし、人の立ち上がる音がした。ふたりいるようだ。

ガラリ、と障子があいた。姿を見せたのは、小坂と村瀬である。ふたりは、大刀を手にしていた。脇に置いてあった刀を、つかんで立ち上がったのであろう。

「小坂、勝負を決しようぞ」

平兵衛が小坂を見すえて言うと、右京がつづいて、

「村瀬、うぬの相手はおれだ」

と、言い添えた。

「ふたり揃って斬られに来たか」

小坂の口元に揶揄《やゆ》するような笑いが浮いた。だが、目は笑っていなかった。細い目が切っ先のようにひかっている。

「小坂、表に出ろ！　ここでは、立ち合えぬ」

平兵衛が声を上げた。

「望むところだ」

小坂の遣う横雲も狭い家のなかではふるえないのだ。

平兵衛につづいて戸口から出た小坂は、路傍に立っている朴念たちの姿を見て、

「極楽屋の者たちが、総出か」

と言って、足をとめた。探るような目をしている。朴念たちがどう出るのか、みようとしたのかもしれない。

「あの者たちは、勝負を見届けにきたのだ。三人とも見たとおりの町人、刀も差しておらぬ。恐れることはあるまい」

「うぬらの死骸《むくろ》の引き取り人か」

そう言って、小坂は口元に薄笑いを浮かべた。

家の前の通りは、濃い暮色に染まっていた。近くに通行人の姿はなかった。隣の八百屋も店をしめ、洩れてくる灯もなくひっそりと静まっている。聞こえてくるのは、大川の流れの音だけである。

平兵衛は足をとめ、小坂と四間ほどの間合をとって対峙した。

「いくぞ！」

平兵衛は来国光を抜きはなった。

すぐに、逆八相に構え、刀身を左肩に担ぐように寝かせた。刀身が、夜陰のなかで銀蛇のようにひかっている。

小坂は無言のまま刀を抜くと、脇構えにとった。切っ先を後ろにむけ、右手の甲を腰に当てた。刀身はほぼ水平である。

ふたりは、虎の爪と横雲の構えにとったのだ。

このとき、右京は村瀬と相対していた。間合はおよそ三間半。右京は八相に、村瀬は青眼に構えていた。

……なかなかの遣い手だ。

と、右京はみてとった。

村瀬の切っ先は、右京の喉元につけられていた。腰の据わった隙のない構えである。全身に気勢が満ち、構えに覇気がある。

だが、右京は、勝てる、と踏んだ。村瀬の構えは背筋の伸びた見事なものだが、真剣勝負の修羅場をくぐりぬけてきた凄みと迫力がなかった。道場の稽古で身についた構えなのである。

つ、つ、と趾《あしゆび》で地面を摺るようにして、右京が間合をせばめ始めた。

対する村瀬は、青眼に構えたまま動かない。全身に気勢をみなぎらせ、斬撃の気配を見せている。気攻《きぜ》めだった。村瀬は動かずに気で攻め、右京の構えをくずそうとしているのだ。

ふたりの間合が、しだいにせばまってきた。ふたりとも気合を発しなかった。剣気が高まり、時のとまったような静寂と緊張がふたりをつつんでいる。

ふいに、右京の寄り身がとまった。一足一刀の間境の半歩手前である。

ヤアッ！

突如、村瀬が鋭い気合を発した。気合で、右京の構えをくずそうとしたのである。

その一瞬、右京の全身に斬撃の気がはしった。村瀬は気合を発したために体に力が入り、剣尖が揺れたのだ。その一瞬の気の乱れを右京がついた。

タアッ！

裂帛の気合を発し、右京が斬り込んだ。

踏み込みざま、八相から袈裟へ。稲妻《いなずま》のような斬撃だった。

刹那、村瀬の体が躍動した。右京の斬撃に、体が反応したのである。

青眼から刀身を振り上げ、頭上で受けた。にぶい金属音がひびき、ふたりの刀身が合致した。村瀬が右京の斬撃を受けたのである。

だが、受けた瞬間、村瀬の体が後ろへよろめいた。右京の強い斬撃に押され、腰がくだけたのだ。

間髪をいれず、右京が流れるような体捌きで、二の太刀をふるった。一瞬の太刀捌きである。

振り上げざま、真っ向へ。

右京の切っ先が、村瀬の面をとらえた。

にぶい骨音がし、村瀬の額に縦に血の線がはしった。次の瞬間、村瀬の顔がゆがみ、額が割れて血と脳漿《のうしょう》が飛び散った。

村瀬は腰から沈むように倒れた。悲鳴も呻き声も聞こえなかった。血の噴出する音が、かすかに聞こえるだけである。

一撃だった。

村瀬は、一声も上げずに絶命したのである。

右京は平兵衛と小坂に目を転じた。ふたりは、まだ勝負を決していなかった。およそ四間の間合をとって、対峙している。

4

平兵衛は逆八相に構えていた。小坂は脇構えである。すでに、ふたりは虎の爪と横雲で一合していた。

平兵衛の着物の左肩先が裂け、わずかに血の色があった。かすり傷である。

一方、小坂の着物も胸部が斜に裂け、血が浮いていた。どうやら、初手は互角だったようである。

平兵衛の肩がかすかに上下していた。息が荒い。虎の爪の動きが激しいので、息が乱れたようだ。老体のせいもあるだろう。

……よくて、相打ち！

と、右京はみた。

平兵衛が何と言おうと、右京は助太刀しようと思い、平兵衛の脇へ走った。

そのときだった。突如、平兵衛が仕掛けた。おそらく、平兵衛は、勝負が長引けば体力のない己に利はない、と踏んだのであろう。

イヤアッ！

裂帛の気合を発し、小坂の正面から疾走した。虎の爪を仕掛けたのだ。俊敏な寄り身である。

小坂は動かない。わずかに腰を沈めて、脇構えにとっている。

平兵衛が斬撃の間境に踏み込むや否や、小坂の体が躍動した。

脇構えから、横一文字に閃光がはしった。一瞬、刀身のきらめきが平兵衛の目に一筋の雲のように映じたはずである。

刹那、平兵衛の刀身が逆袈裟にはしった。

キーン、という甲高い金属音がひびき、青火が散って、小坂の刀身が跳ね上がった。同時に、平兵衛の刀も跳ね返った。

横雲と虎の爪の初太刀が合致し、はじき合ったのである。

次の瞬間、小坂が真っ向へ。ほぼ同時に、平兵衛が袈裟に。一瞬の反応である。

小坂の着物の肩口が裂け、血が噴いた。

一方、平兵衛の肩口から胸にかけて着物が裂け、あらわになった胸に血の線がはしり、血が流れ出た。

ふたりは、大きく背後に跳んで、ふたたび脇構えと逆八相に構え合った。

平兵衛の肩が大きく上下し、口から喘鳴《ぜんめい》が洩れた。平兵衛の顔が苦しげにゆがんでいる。老体が激しい動きに、喘いでいるのだ。

……次は、義父上があやうい！

と、右京はみた。

剣は互角だった。だが、体力はあきらかに小坂がまさっている。

右京は平兵衛の脇に立ち、切っ先を小坂にむけた。

「卑怯！　ふたりがかりか」

小坂が憤怒に顔をゆがめて言った。

「卑怯もなにもない。われらは、殺し人だ。……うぬを殺すためなら、どのような手を遣ってもかまわぬ」

右京が小坂を見すえて言った。

白皙がかすかに紅潮し、唇が血を含んだように赤かった。双眸が、燃えるようなひかりを帯びている。右京もまた、ひとりの剣鬼になっていた。

平兵衛はわずかに身を引いた。構えは逆八相にとったままである。右京にまかせるのではなく、ふたりで小坂を斃《たお》そうと思ったようだ。

「お、おのれ！」

小坂が目をつり上げ、右京と相対した。

刀身が小刻みに震えている。右京がくわわったことと肩の傷とで気が昂《たかぶ》り、体が硬くなっているのだ。

右京は刀を振り上げて八相にとった。

……横雲を斬る！

右京は八相から斬り下ろすことで、横雲の初太刀を打ち落とそうとした。

「まいる！」

右京は足裏を摺るようにして間合をせばめ始めた。

小坂は動かなかった。脇構えに取ったまま、右京の動きを睨むように見すえている。

ふたりの間合がしだいに狭まってきた。剣気がたかまり、斬撃の気がみなぎってきた。痺れるような緊張がふたりをつつんでいる。

右京は一気に、斬撃の間境に踏み込んだ。刹那、ふたりの構えに斬撃の気がはしった。

タアッ！

トオッ！

鋭い気合とともに、ふたりの体が躍動し、刃唸りとともに二筋の閃光がはしった。

右京の斬撃が、八相から袈裟に斬り落とされ、小坂のそれは脇構えから横一文字にはしった。

次の瞬間、二筋の閃光がふたりの眼前で合致し、青火が散って、鋭い金属音がひびいた。

小坂の刀身がたたき落とされ、右京の刀身も跳ね上がった。

間髪をいれず、右京は二の太刀をふたたび袈裟へ。

小坂は真っ向ではなく逆袈裟に斬り上げた。刀身をたたき落とされたため、真っ向へは斬り込めなかったのだ。

ザックリ、と小坂の肩が裂けた。一瞬ひらいた傷口から截断された鎖骨が覗いたが、迸り出た血で傷口さえ見えなくなった。

一方、小坂の斬撃は右京の肩先をかすめて空を切った。無理な体勢から斬り上げたため、右京の体をとらえることができなかったのである。

小坂は肩口から血を撒きながらよろめいた。路傍まで行って何とか足をとめると、右京の方へ体をむけ、脇構えにとろうとした。だが、腰がふらついて構えられない。

小坂は目をつり上げ、口を大きくあけ、悲鳴とも気合ともつかぬ獣の吼えるような声を上げた。

「とどめを刺してくれよう」

右京は小坂の正面に歩を寄せた。

小坂は右京に斬りつけようとしたが、もはや刀を振り上げる力はなかった。

右京は刀を横に一閃させた。

にぶい骨音がし、小坂の首が横にかしいだ。右京の一颯《いっさつ》が、小坂の首を頸骨ごと截断したのだ。

小坂の首根から、血が驟雨のように飛び散った。

小坂は血を噴出させながらつっ立っていたが、朽ち木が倒れるようにゆっくりと転倒した。

伏臥した小坂は四肢を痙攣させているだけで、動かなかった。すでに、絶命しているようである。

右京は血刀をひっ提げたまま大きく息をひとつ吐いた。朱を刷《は》いたように紅潮していた顔がしだいにいつもの白皙にもどり、異様なひかりを宿していた双眸が、静かな目差に変わってきた。真剣勝負の気の昂りと血の滾《たぎ》りが、潮の引くように消えていく。

平兵衛が右京のそばに歩み寄り、

「おまえに、助けられたな」

と、小声で言った。顔に安堵の色がある。平兵衛もいつもの好々爺のようなおだやかな顔にもどっていた。

「いえ、小坂は手負いでした。わたしは、小坂にとどめを刺しただけです」

右京が静かな声で言った。

そこへ、朴念、孫八、嘉吉、峰次郎の四人が走り寄ってきた。四人の顔は紅潮し、目がひかっていた。平兵衛たちの凄絶な斬り合いを目の当たりにして、高揚しているようだ。

「せっかく、支度したのに遣いようがなかったぞ」

朴念が、右手に嵌めた手甲鈎をかざして言った。どうやら、いつでも闘いにくわわれるよう手甲鈎を嵌めて、成り行きを見守っていたようだ。

「これで、始末がついた」

平兵衛が男たちに言うと、

「このふたり、どうしやす」

孫八が倒れている小坂と村瀬に目をやって訊いた。

「このままというわけにはいかんな。……家のなかに運んでおこう」

通りに放置したのでは、通行人の邪魔になる。

「朴念、手を貸してくれ」

平兵衛が朴念に声をかけた。

朴念は、強力の主である。ふたりの死体を運ぶのは、朴念の役だろう。

「おお！」

朴念が声を上げ、横たわっているふたりの死体に歩み寄った。

5

「いいできだ」

平兵衛は、研ぎ上がった刀身を腰高障子の明らみにかざしてみた。

石原町に住む御家人の吉崎から、研ぎを依頼されていた刀である。殺しにとりかかってから仕事場に座れず、研ぎの途中のままになっていたのだ。

小坂と村瀬を始末し、殺しの仕事から解放されたのが、五日前だった。その後、根をつめて研ぎ、やっと仕上がったのだ。

中心《なかご》に銘《めい》はなく、刀鍛冶が不明だったこともあり、研ぎを依頼した吉崎は、たいした刀ではないような話をしていたが、研いでみるとなかなかの刀だった。

地肌は黒みを帯びた柾目肌《まさめはだ》で、深みがあって美しい。刃文は直刃《すぐは》にちいさな乱れの入った小乱れ、すっきりとして品位があった。

平兵衛が研ぎ上がった刀身をかざして眺めていると、戸口に近付いてくる足音がした。足音はふたり、下駄と草履であろうか。

足音は腰高障子の向こうでとまり、人影がふたつ障子に映った。男と女の影である。

「父上、おられますか」

と、まゆみの声がした。

まゆみといっしょにいるのは、右京であろう。

「入ってくれ」

平兵衛は、刀身を研ぎ桶の脇に置いて立ち上がった。

すぐに、障子があいてまゆみと右京が入ってきた。まゆみは風呂敷包みを胸にかかえていた。何か嬉しいことでもあったのか、顔に笑みが浮いている。

「腰を下ろしてくれ」

平兵衛は、仕事場をかこっている屛風の間から座敷に出た。

右京とまゆみは、上がり框に腰を下ろした。

座敷に上げたくても長屋の座敷は狭いので、三人鼻を突き合わせて座ることになる。かえって、上がり框に腰を下ろした方がくつろげるのである。

「父上、浴衣《ゆかた》です」

まゆみはそう言って、膝の上で風呂敷包みを解いた。折り畳んであったのは、白地に紺の格子縞の浴衣だった。

「わしのか」

「右京さまと父上の浴衣を縫ったのです。……長屋に独りでいることが多かったので、はかどったんですよ」

そう言って、まゆみは恨めしそうな顔をして右京を見たが、口元には笑みがあった。まゆみは、嬉しそうだった。

「しばらく、遠方の出稽古がつづき、家を留守にすることが多かったもので……」

右京が苦笑いを浮かべて言った。

「わしも、そのことは知っているぞ。右京は、稽古を頼まれて高輪や四《よ》ツ谷《や》まで出かけていたからな」

平兵衛は、右京の話に合わせてやった。

「でも、ここ五日、ずっと家にいてくれたんです。それに、この後も遠方の出稽古はないらしいです」

まゆみが、はずんだ声で言った。

「それは、よかった」

平兵衛は、右京が家にいるのは殺しの仕事を終えたからだと知っていたが、そのことはおくびにも出さなかった。

「父上、身丈《みたけ》はいいかしら」

そう言うと、まゆみは浴衣を手にし、下駄を脱いで框から上がった。

「父上、ここに立ってみて」

「すまんな」

平兵衛は顔をほころばせてまゆみの前に立つと、精一杯まがった背筋を伸ばした。

まゆみは、手にした浴衣の襟元を平兵衛の盆の窪《くぼ》の下に当て、裾の高さを見てから、

「ちょうどいいですよ」

と、平兵衛に顔をむけて言った。まゆみは針仕事が得意で、平兵衛といっしょに暮らしていたころも、単衣や浴衣などを縫ってくれたものである。

「もったいなくて、着られんな」

平兵衛が照れたような顔をして言った。

「ねえ、父上、この浴衣を着て、わたしたちといっしょに大川の川開きに行きましょうよ。そのつもりで、右京さまの浴衣も縫ったんですから」

まゆみが、目をかがやかせて言った。

「それは、楽しみだ」

大川の川開きは、五月二十八日だった。まだ、一か月ほど先である。

まゆみは、上がり框のそばに膝を折って浴衣を畳みなおすと、

「父上、夕餉の支度はこれからですか」

と、声をあらためて訊いた。

「これから、めしを炊くつもりだったのだ」

平兵衛はそう言ったが、炊くのは面倒なので、近くの一膳めし屋にでも行こうかと思っていた。

「ねえ、わたしが支度するから、三人でいっしょに食べない」

まゆみが、右京の顔を見ながら言った。

すぐに、右京がうなずいた。ふたりの間で、夕餉の話をしてあったのかもしれない。七ツ（午後四時）を過ぎていたので、そろそろ夕餉の支度にとりかかるころなのだ。

「だが、菜もないぞ」

平兵衛が困惑したように言った。

「わたしが、買ってくる。父上の好きな煮染がいいわね」

すぐに、まゆみが立ち上がった。

まゆみが腰高障子をあけて出ていくと、

「右京には、殺しから手を引いてもらいたいが」

平兵衛がつぶやくような声で言った。前から、何度か口にした言葉である。

「ええ……。ですが、暮らしがたちません」

右京が静かな声で言った。

「わしも同じだったが……」

平兵衛は、まゆみのためにも殺しから足を洗いたいと思いながら、殺し人をつづけてきた。研ぎの仕事だけでは暮らしていけなかったからである。

「義父上と同じように、勝てると踏んでから仕掛けるようにしますよ」

右京が言った。

「うむ……」

それも、平兵衛の口癖だった。長生きしたければ、勝てると踏んでから殺しを仕掛けることだと、よく右京に話していたのである。

……だが、ときには無理をすることもある。

小坂と立ち合ったとき、平兵衛は無理をした。

右京と小坂との立ち合いを避けたい気持ちがあって、勝てると踏んでから仕掛けたわけではなかった。小坂と一合した後、平兵衛は相打ちでもいいとさえ思った。ところが、守ろうとした右京に助けられたのだ。

……右京は、わしを越えたのかもしれぬ。

と、平兵衛は思った。

平兵衛は上がり框のそばに膝を折って、戸口の腰高障子に目をやっていた。夕日が障子に映え、淡い蜜柑色に明らんでいる。

平兵衛の脳裏に、まゆみが子供だったころのことがよぎった。あのころ、平兵衛の内には、どのような相手でも斬れるという自信がみなぎっていた。いまの右京には、その自信があるのかもしれない。

……右京のことは、右京にまかせるか。

平兵衛は胸の内でつぶやいた。

そのとき、障子の向こうで下駄の音が聞こえた。はずむような音である。まゆみが帰ってきたようだ。

一〇〇字書評

切り取り線

右京烈剣

購買動機（新聞、雑誌名を記入するか、あるいは○をつけてください）

□（　　　　　　　　　　　　　　　）の広告を見て
□（　　　　　　　　　　　　　　　）の書評を見て
□ 知人のすすめで　　　　　　□ タイトルに惹かれて
□ カバーが良かったから　　　□ 内容が面白そうだから
□ 好きな作家だから　　　　　□ 好きな分野の本だから

・最近、最も感銘を受けた作品名をお書き下さい

・あなたのお好きな作家名をお書き下さい

・その他、ご要望がありましたらお書き下さい

住所	〒				
氏名		職業		年齢	
Eメール	※携帯には配信できません		新刊情報等のメール配信を 希望する・しない		

この本の感想を、編集部までお寄せいただけたらありがたく存じます。今後の企画の参考にさせていただきます。Eメールでも結構です。

いただいた「一〇〇字書評」は、新聞・雑誌等に紹介させていただくことがあります。その場合はお礼として特製図書カードを差し上げます。

前ページの原稿用紙に書評をお書きの上、切り取り、左記までお送り下さい。宛先の住所は不要です。

なお、ご記入いただいたお名前、ご住所等は、書評紹介の事前了解、謝礼のお届けのためだけに利用し、そのほかの目的のために利用することはありません。

〒一〇一‐八七〇一
祥伝社文庫編集長　坂口芳和
電話　〇三（三二六五）二〇八〇

祥伝社ホームページの「ブックレビュー」からも、書き込めます。
http://www.shodensha.co.jp/bookreview/

祥伝社文庫

右京烈剣《うきょうれつけん》 闇《やみ》の用心棒《ようじんぼう》

平成23年10月20日　初版第1刷発行

著　者　鳥羽《とば》 亮《りょう》

発行者　竹内和芳

発行所　祥伝社《しょうでんしゃ》
東京都千代田区神田神保町3-3
〒101-8701
電話　03（3265）2081（販売部）
電話　03（3265）2080（編集部）
電話　03（3265）3622（業務部）
http://www.shodensha.co.jp/

印刷所　萩原印刷
製本所　積信堂
カバーフォーマットデザイン　中原達治

 ISBN978-4-396-33715-5 C0193